तेरे मेरे बीच में

तेरे मेरे बीच में

अनीश झा

प्रथम संस्करण: 2026

प्रकाशक: Notion Press

मुद्रण: भारत

उन लोगों के लिए जो आज भी प्रेम पर विश्वास रखते हैं।

विषय-सूची -

अध्याय 1	वैलेंटाइंस डे	1
अध्याय 2	टूटा दिल	15
अध्याय 3	किस्मत का खेल	28
अध्याय 4	डेस्टिनेशन शादी	41
अध्याय 5	पेरिस	51
अध्याय 6	गोवा	63
अध्याय 7	घर वापसी	74
अध्याय 8	गोवा की सैर	83
अध्याय 9	जश्न	100
अध्याय 10	फ़ैमिली बिज़नेस	114
अध्याय 11	स्टार्टअप की जंग	123
अध्याय 12	दुबारा मुलाकात	136
अध्याय 13	उम्मीद की किरण	144
अध्याय 14	लंच ब्रेक	153
अध्याय 15	इंकार	161
अध्याय 16	पहली झलक	171
अध्याय 17	एहसास	176
अध्याय 18	हमेशा के लिए	183

अध्याय 1

वैलेंटाइंस डे

ज़िंदगी को लेकर बुने हमारे ख़्वाब अक्सर हमारी परिस्थितियों के परे होते हैं। सपने देखना इंसान की फ़ितरत है, पर उन सपनों को हकीकत में बदल पाना हर वक्त अपने वश में नहीं होता।

इश्क़ का एहसास भी एक स्वप्न की तरह ही है। एक ऐसा स्वप्न जो बिना पलक झपकाए एक पल में हमें बादलों की सैर करा दे तो अगले ही पल ज़मीन पर औंधे मुँह गिरा दे। इश्क़ की डोर से बंधे दो इंसानों के लिए ज़रूरी तो नहीं कि वे हमेशा के लिए उस डोर में बंधे रहें। और क्या हो अगर हम दोस्ती को इश्क़ समझ बैठें? क्या सच्चाई का खुलासा होने के बाद वह दोस्ती क़ायम रह सकती है? इस बात का फ़ैसला उन दो इंसानों के अलावा शायद ही कोई और कर पाए।

वह 14 फ़रवरी की शाम थी। बाहर का मौसम बेहद ख़ुशनुमा था। हर तरफ़ इश्क़ का रंग बिखरा था। ठंडी हवा के हौले-हौले झोंकों के बीच दुकानों, मकानों और रास्तों पर लाल

रंग की झिलमिलाती रोशनी देख ऐसा लग रहा था जैसे हज़ारों-लाखों तारे आसमान से धरती पर उतर आए हों। और क्यों न आएं, आज का दिन तो पूरी दुनिया में इज़हार-ए-इश्क़ के त्योहार की तरह मनाया जाता था। उन्हें देखने के लिए सितारे धरती पर नहीं आएंगे तो और कहाँ जाएँगे? वैलेंटाइंस डे की धूम सारी दुनिया में मची थी। हर प्रेमी आज के दिन अपने प्यार का अनूठे तरीके से इज़हार करने में जुटा था। भारत के हर मुख्य शहर की तरह राजधानी दिल्ली में भी कुछ ऐसा ही माहौल था।

दिल्ली के दिल में स्थित कनॉट प्लेस इलाके में भी आज शाम के उस वक्त हर तरफ़ युवा जोड़ों की चहल-पहल थी। पूरा इलाका यूँ सजा-धजा था जैसे किसी दुल्हन की विदाई के लिए सजाया गया हो। एक-से-एक महंगी, चमचमाती गाड़ियों में सवार महंगे और विदेशी डिजाइनों से प्रभावित कपड़ों में सजे हुए युवा-युवतियों का हर एक जोड़ा, किसी दूल्हा-दुल्हन से कम नहीं लग रहा था।

फूल, गुब्बारे, कैंडल, केक, गिफ्ट और उम्दा रेस्टोरेंट में डिनर के भाव आज के दिन अन्य दिनों के मुकाबले कई गुना ज़्यादा थे। इसके बावजूद हर जगह खरीदारी के लिए लोगों का तांता लगा था। हर प्रेमी आज अपनी प्रेमिका को कुछ न कुछ गिफ्ट देकर उसके दिल को रिझाना चाहता था। उससे अपने दिल में छिपे प्रेम का इज़हार कर उन संबंधों को आगे ले जाना चाहता था।

उन सैकड़ों प्रेमियों की अनगिनत प्रेम कहानियों में एक

अलग ही आत्मीयता का एहसास था। उन सब को पता था कि आज का दिन ख़ास था और पूरा शहर मानो उस वक्त उन प्रेम कहानियों की ऊर्जा से धड़क रहा था।

उन जोड़ियों में से एक जोड़ी थी दुष्यंत और नताशा की।

बाक़ी सभी की तरह दुष्यंत ने भी आज के दिन नताशा के लिए कुछ ख़ास प्लान बनाया था। 'लव इन द एयर' नाम का नाइट क्लब, उस पूरे इलाक़े में अपने झूमते-थिरकते गानों के साथ लज़ीज़ खाने के लिए मशहूर था। किसी भी ख़ुशी के समारोह के लिए वह जगह लोगों का पसंदीदा अड्डा थी। कई महीनों पहले से उस जगह की बुकिंग फुल रहती थी। जब किसी कारणवश वहाँ बुकिंग नहीं मिल पाती, तभी लोग दूसरे नाइट क्लब की ओर रुख करते थे। दुष्यंत को उस जगह की अहमियत मालूम थी और नताशा को रिझाने के लिए उसने वहाँ के एक हिस्से की बुकिंग कई महीनों पहले कर रखी थी और उसे सरप्राइज देने के लिए वहाँ बुलाया था।

रात के 8 बजने वाले थे। दुष्यंत अपने दोस्त हर्ष के साथ पहले ही क्लब पहुँच चुका था। दोनों के मन में आने वाली शाम को लेकर उत्साह की लहर दौड़ रही थी। वहाँ पहुँचकर वे सारी तैयारियों को दोबारा जाँचने में जुटे थे। किस तरह की सजावट होनी थी, नताशा के आने पर किस वक्त गाना बजेगा, कौन-कौन सा गाना बजेगा, किस वक्त उसका दोस्त हर्ष फूल और गिफ्ट लेकर बाहर आएगा। कब वहाँ के स्टाफ सेलिब्रेशन की फुलझड़ियाँ जलाएंगे और कब और क्या-क्या खाने में होगा। दुष्यंत ने ख़ुद दोबारा सारे पहलुओं का निरीक्षण किया

था। आज उसके लिए बहुत ही ख़ास दिन था और वह किसी भी क़ीमत पर कोई गड़बड़ी नहीं चाहता था।

उसके बताए अनुसार पूरी जगह को हल्की रंगीन रोशनी से सजाया गया था। ताज़े फूलों की सुगंध हर तरफ़ बिखरी हुई थी। डीजे बूथ से धीमे संगीत की धुन सुनाई दे रही थी। ताज़े फूलों की ख़ुशबू, धीमे संगीत की धुन और हल्की रंगीन रोशनी में घुलकर पूरा माहौल रोमांटिक बन गया था।

हर्ष भी दुष्यंत के लिए बेहद ख़ुश था और उसके साथ हर तैयारी को बारीकी से जांच रहा था।

दुष्यंत और हर्ष कॉलेज के दिनों के जिगरी दोस्त थे। दोनों की उम्र 27-28 साल के आस-पास थी और वे कॉलेज के वक्त से ही हर सुख-दुख में एक-दूसरे के साथ रहे थे। आज दुष्यंत की इतनी बड़ी ख़ुशी का दिन होने के कारण हर्ष ने अपनी डेट का प्लान कैंसिल कर दिया था और अपने दोस्त के दिन को यादगार बनाने में उसकी मदद करने वहाँ आया था। सब कुछ सही चल रहा था।

अब बस नताशा के पहुँचने का इंतज़ार था। दिल थामे दुष्यंत डांस फ्लोर के बीच में खड़ा था और हर्ष एक कोने में निर्धारित स्थान पर। नताशा के आने तक डीजे ने एक हल्का-सा रोमांटिक म्यूजिक चला दिया था। डांस फ्लोर पर झिलमिलाती रोशनी और उस संगीत से एक अलग ही समां बंध गया था।

“हैप्पी वैलेंटाइंस डे।” अचानक दुष्यंत की दमकती आवाज़ उस बंद कमरे में माइक पर गूंजी। नाइट क्लब के उस

प्राइवेट सेक्शन में रात के उस वक्त वहाँ काम करने वाले लोग और डीजे के अलावा सिर्फ़ दो लोग मौजूद थे, दुष्यंत और हर्ष।

दुष्यंत की आवाज़ सुन हर्ष की नज़रें अनायास दरवाज़े की ओर मुड़ीं। सामने दरवाजा खुला था और नताशा अपने खूबसूरत-से चेहरे पर एक बड़ी-सी मुस्कान लिए दमकती हुई वहाँ खड़ी थी। दुष्यंत को सामने देख वह मुस्कुराती हुई उसकी तरफ़ बढ़ी।

नताशा की उम्र 23-24 साल के आस-पास की थी। उसकी लंबाई सामान्य थी पर उसके चेहरे पर दृढ़ आत्मविश्वास के साथ युवावस्था की चमक साफ़ झलक रही थी।

अपने औसत क़द, गोल-मटोल चेहरे, हृष्ट-पुष्ट शरीर, लंबे लहराते बाल और तीखे नैनों के साथ वह दिखने में काफ़ी आकर्षक थी। उसने एक लंबी-सी लहराती ड्रेस पहन रखी थी और उसके बाल खुले हुए थे। उसके चेहरे पर हल्का मेकअप होने के बावजूद उसका चेहरा यौवन की ताज़गी से दमक रहा था। वहाँ की रोशनी में दमकती उसकी आभा से वह किसी स्वर्ग की अप्सरा से कम नहीं दिख रही थी।

हर्ष को दुष्यंत की आज की ख़ुशी की वजह मालूम थी। वे दोनों दोस्त होने के साथ-साथ एक स्टार्टअप में बिज़नेस पार्टनर भी थे। इतने सालों तक साथ पढ़ने और अब साथ बिज़नेस करने से उनका ज्यादातर वक्त साथ गुजरता था। दोनों एक-दूसरे से कुछ नहीं छुपाते थे और सब सुख-दुख साझा करते थे।

नताशा और दुष्यंत 6 महीने पहले ही एक डेटिंग साइट पर

मिले थे। नताशा एक चुलबुली पर दिमाग़ से काफ़ी सुलझी लड़की थी जो हर फ़ैसला सोच-समझकर लेती थी। वहीं दुष्यंत बेहद रोमांटिक किस्म का था जो दिल से पहले और दिमाग़ से बाद में सोचता था। शायद यह उनकी विपरीत प्रकृति ही थी जिसने उनमें आकर्षण जगाया और पहली मुलाक़ात में ही उनमें जैसे एक कनेक्शन-सा जुड़ गया। उस दिन के बाद वे दोनों नियमित रूप से मिलने लगे थे। कुछ महीनों बाद दुष्यंत ने हर्ष को नताशा के बारे में बताया और एक महीने पहले उससे अपने आने वाले सरप्राइज़ का ज़िक्र किया था।

"मैं वैलेंटाइंस डे पर नताशा को प्रपोज़ करने वाला हूँ।" 15 जनवरी के आस-पास दोनों ऑफिस में देर रात काम के बाद बैठे बियर पी रहे थे। तब दुष्यंत ने हर्ष को बताया था।

एक पल के लिए हर्ष को लगा जैसे दुष्यंत मज़ाक कर रहा था। आख़िर वह नताशा से कुछ महीने पहले ही तो मिला था। इतने कम वक्त में तो वे एक-दूसरे को ठीक से जान भी नहीं पाए होंगे। "तुम मज़ाक कर रहे हो?" उसने वापस पूछा। पर कहीं न कहीं उसे अपने सवाल का जवाब दुष्यंत की आँखों में दिख रहा था।

"इसमें मज़ाक की क्या बात है?"

"भाई तुम नताशा से कुछ महीने पहले ही तो मिले हो। इतने कम वक़्त में तो तुम उसे ठीक से जान भी नहीं पाए होगे। इतनी जल्दी जिंदगी साथ गुज़ारने का फैसला कैसे कर सकते हो?" हर्ष की समझ से इतना बड़ा फैसला इतनी जल्दी लेना हड़बड़ाहट का काम था और वह हड़बड़ी में लिए गए फैसलों

में कभी यकीन नहीं करता था। "तुम्हें नहीं लगता है कि तुम्हें एक-दूसरे को समझने के लिए थोड़ा और वक्त देना चाहिए।" उसने पूछा।

"बस इसी वजह से तुम अभी तक अकेले हो।" दुष्यंत ने बियर की एक चुस्की लेते हुए कहा। "हर चीज में मोल-भाव हो सकता है दोस्त, पर प्यार में नहीं। अगर कोई पसंद आ जाए तो कह देना चाहिए, क्या पता कल हो न हो।" दुष्यंत ने फिल्मी अंदाज़ में आंखें मटकाते हुए कहा।

"मज़ाक मत कर। मैं यक़ीन से कह सकता हूँ कि एक तो तुम उसे ठीक से जानते नहीं हो। ऊपर से अभी हमारी कंपनी जिस हाल में है, उसमें हम दोनों का ज्यादातर ध्यान और वक्त दोनों यहीं जा रहा है। तुम्हें लगता है तुम इसके साथ एक रिलेशनशिप की ज़िम्मेदारी भी सँभाल पाओगे और क्या वह तुम्हारी चुनौतियों को समझ पाएगी?" हर्ष ने टोका।

हर्ष और दुष्यंत ने कॉलेज के बाद थोड़ी जमा-पूंजी जोड़कर एक कंपनी चालू की थी जिसमें वे एक ऐसा सॉफ्टवेयर बना रहे थे जो आर्टिफिशियल इंटेलिजेंस की मदद से लोगों का मूड समझकर उनकी जरूरतों के हिसाब से उन्हें अलग-अलग प्रोडक्ट बेचने और खरीदने का सुझाव देता था। उनके स्टार्टअप में कई कंपनियों ने रुचि दिखाई थी। पर अभी तक किसी ने बड़ी पूँजी निवेश नहीं की थी। दोनों दिन-रात मेहनत करके उस कंपनी को बढ़ाने की कोशिश कर रहे थे। पर जब तक उन्हें बाहर से निवेश नहीं मिल जाता उनके लिए बिज़नेस को बढ़ाने में दिक्कत हो रही थी। फिर भी एक-दूसरे के साथ

वे ख़ुश थे और उन्हें यक़ीन था कि जल्द ही उन्हें फंडिंग मिल जाएगी, जिससे वे और नए लोगों को नौकरी पर रखकर कंपनी को बढ़ा पाएंगे।

"दोस्त, चाहे जो भी परिस्थिति हो उसके कारण हम ज़िन्दगी जीना तो नहीं छोड़ सकते। ऊपर से मैं अब इतने अलग-अलग लोगों को डेट करके थक गया हूँ। अब मुझे भी लगता है कि कोई जाना-पहचाना हो जिसका हाथ थाम शाम के वक्त मैं पार्क में बैठ ठंडी हवा का आनंद ले सकूँ। जिससे बातें करने के लिए शब्दों की जरूरत न हो और बिना कहे जो मेरे मूड को समझ सके ठीक हमारे प्रोडक्ट की तरह। किस्मत से मैं किसी से मिला हूँ जिससे मिलकर मुझे एक अजीब-से सुकून का एहसास हो रहा है। जिसके साथ वक्त बिताकर मैं अपने सारे दुख-दर्द भूल जाता हूँ। तो अगर मुझे यह एहसास हो रहा है कि वह यही है जिसके साथ मैं अपनी ज़िन्दगी गुज़ारना चाहता हूँ तो इसमें और देर करके मैं यह मौक़ा नहीं गंवाना चाहता। रही बात काम की, तो मुझे पूरा यकीन है कि जल्द ही हमें कोई न कोई ब्रेक मिल जाएगा। बस हमें हौसला रखना होगा।" दुष्यंत ने गंभीरता से कहा।

"ओके मिस्टर रोमांटिक। वैसे यह बात तुमने कॉलेज में एक और लड़की के लिए भी कही थी। फिर क्या हुआ था याद है न?" हर्ष ने चुटकी लेते हुए टोका।

"यार, अब पुरानी बातें मत कुरेद। मुझे पता है उस लड़की ने मेरा प्रपोजल ठुकरा दिया था। शायद तब हम सभी बच्चे थे। पर अब नहीं। बस इतना समझ ले, इस बार मैं पूरे यकीन से

कह सकता हूँ कि मुझे मेरा जीवनसाथी मिल गया है।" दुष्यंत ने हर्ष को कोहनी मारते हुए कहा।

"अच्छा भाई। अगर तुम ख़ुश हो तो मैं तुम्हारे लिए ख़ुश हूँ। मुबारक हो। वैसे नताशा का इस मामले में क्या कहना है? तुमने उससे बात तो की है न?" हर्ष को मालूम था उसके मना करने से दुष्यंत मानने वाला नहीं था। वह कॉलेज से ही रोमांटिक स्वभाव का था। उसकी जिंदगी में कई लड़कियां आईं और गईं, पर एक-दो बार ही वह किसी को लेकर इतना जज्बाती हुआ था।

"यार, इस मामले में हमारी अभी तक बात तो हुई नहीं है। नताशा ने कभी कुछ कहा भी नहीं, पर उसके हाव-भाव से मुझे पक्का यकीन है कि वह भी मुझे पसंद करती है।" नताशा को याद कर दुष्यंत की आँखों में एक चमक-सी आ गई। वह सचमुच प्यार में था।

"फिर कैसे प्रपोज़ करने का प्लान किया है तुमने? मुझसे कुछ मदद चाहिए?" हर्ष अब अपने दोस्त की ख़ुशी में और रुकावट नहीं बनना चाहता था और उसने अपना पूरा सहयोग देने का फैसला किया।

"तुम बस वहाँ आ जाना। मुझे पूरा यकीन है कि नताशा भी मेरे प्रपोजल पर हाँ ही कहेगी। उस पल की मेरी इतनी बड़ी ख़ुशी तुम्हारे बिना तो अधूरी रह जाएगी।"

"डायलॉग मत मार। मैं आ जाऊँगा। करना क्या है?" हर्ष को पता था कि अब तक दुष्यंत को दारू चढ़ गई थी। उसकी पीने की क्षमता बहुत ही कम थी। 2-3 पेग में ही वह झूमने

लगता और फिल्मी अंदाज़ में आकर डायलॉगबाज़ी करने लगता था।

"मैं उसे उसी नाइट क्लब में प्रपोज़ करूँगा जहाँ मैं उससे पहली बार मिला था। मैं क्लब के एक ख़ास हिस्से की बुकिंग कर चुका हूँ जहाँ सिर्फ़ वह, मैं और तुम होंगे। उसके हाँ कहने के बाद हम रातभर पार्टी करेंगे। उसके चंद हफ़्ते बाद नताशा और मैं एक हफ़्ते के लिए पेरिस घूमने जाएँगे। मैंने वहाँ रहने, खाने-पीने और घूमने की प्लानिंग के साथ बुकिंग भी कर ली है। सिर्फ़ टिकट और वीज़ा बाक़ी है।"

"इसमें तो बहुत खर्चा आएगा।"

"तो क्या हुआ। मैं कौन-सा अब रोज़-रोज़ किसी को प्रपोज़ करने वाला हूँ। कुछ बातें ज़िंदगी में एक बार होती हैं। उस एक बार की याद को ऐसा बनाओ कि वह तुम्हें आगे जिंदगी में बार-बार याद आकर ख़ुशी दे सके।" कहते हुए दुष्यंत वहीं फर्श पर बेसुध हो लुढ़क गया।

ठीक एक महीने बाद आज हर्ष और दुष्यंत वहाँ उस नाइट क्लब में नताशा के आने का इंतज़ार कर रहे थे।

———

"हाय।" नताशा ने पास आने पर हर्ष की तरफ़ देख एक मुस्कुराहट के साथ संबोधित किया और दुष्यंत को गले लगा लिया। "हैप्पी वैलेंटाइंस डे।" उसने सुरीले स्वर में दुष्यंत के कान में फुसफुसाया।

उस वक्त दुष्यंत की ख़ुशी का ठिकाना नहीं था। उसका मन अभी से अपने सपनों के बादलों पर सवार ख़याली दुनिया

के आसमान में उड़ रहा था। "हैप्पी वैलेंटाइंस डे।" उसने आंखें बंद रखते हुए वापस नताशा के कान में फुसफुसाया। पर तभी नताशा के अगले सवाल ने उसे चौंका दिया।

"यह जगह खाली क्यों है? बाक़ी लोग कहाँ हैं?" नताशा ने नज़रें चारों तरफ़ दौड़ाते हुए पूछा।

"आज के इस स्पेशल दिन के लिए यह जगह मैंने सिर्फ हमारे लिए बुक की है। आज यहाँ वही गाना बजेगा जो तुम चाहोगी।" दुष्यंत ने चहकते हुए कहा। उसने DJ को पहले ही नताशा के पसंदीदा गानों की लिस्ट दे रखी थी और वह वही गाने बजा रहा था।

"अरे वाह! पर यह तुमने किया कैसे? आज के दिन तो हर नाइट क्लब में बुकिंग फुल होती है। ऐसे में इस जगह की बुकिंग मिल पाना सचमुच कमाल की बात है। पर यह तो बहुत ही महंगा पड़ा होगा न?"

"इसमें कमाल की क्या बात है? जहाँ चाह वहाँ राह। और एक नाइट क्लब क्या है, मेरे बस में हो तो मैं तुम्हारे लिए पूरी कायनात बुक कर सकता हूँ। तुम्हें यह जगह याद है?" दुष्यंत ने नाचने के लिए हाथ आगे बढ़ाया।

नताशा के चेहरे पर अचरज के भाव थे। उसने मुस्कुराने की कोशिश करते हुए दुष्यंत का हाथ थाम लिया। "बिल्कुल। हम पहली डेट पर यहीं तो मिले थे।"

DJ नताशा का पसंदीदा गाना बजा रहा था और दोनों उस गाने पर साथ में झूम रहे थे। दुष्यंत के बताए अनुसार हर्ष अपने मोबाइल में सब रिकॉर्ड कर रहा था।

"फिर आज के दिन हमारे अलावा यहाँ कोई और कैसे हो सकता है? जो मैं कहने जा रहा हूँ वह पहली दफ़ा तुम्हारे अलावा किसी और को कैसे सुना सकता हूँ।" कहते हुए दुष्यंत नताशा से अलग हुआ और अपने पॉकेट से एक बॉक्स निकाला।

अब तक जैसे नताशा को समझ आने लगा था कि क्या होने वाला था। उसके चेहरे के भाव बदल गए थे और वह दो कदम पीछे हटी। प्लानिंग के अनुसार हर्ष ने एक कोने से फूलों का गुलदस्ता और एक गिफ्ट बॉक्स उठा लिया था।

इससे पहले नताशा कुछ कह पाती, दुष्यंत एक घुटने पर नीचे बैठा और बोल पड़ा, "नताशा, हम जिंदगी के सफ़र में कितने लोगों से मिलते हैं। उनमें से कुछ लोग हम पर अपनी छाप छोड़ जाते हैं। कुछ होते हैं जिनके साथ वक्त बिताना हमें अच्छा लगता है। पर एक होता है जिसका हाथ थामकर आपको लगता है कि आप कुछ भी कर सकते हैं। उस हाथ को थामकर एक अजीब-से सुकून का एहसास होता है, वह सुकून जिसके सहारे आप पूरी जिंदगी काट सकते हैं। मुझे वह सुकून तुम्हारे हाथों में मिला है नताशा और मैं ज़िन्दगी भर इन हाथों को नहीं छोड़ना चाहता हूँ। आई लव यू नताशा और मैं अपनी पूरी जिंदगी तुम्हारे साथ गुजारना चाहता हूँ। क्या तुम अपनी पूरी जिंदगी मेरे साथ गुज़ारोगी?" कहते हुए उसने एक अंगूठी बॉक्स में से बाहर निकालकर नताशा की तरफ़ बढ़ाई।

नताशा अवाक-सी अपनी जगह पर खड़ी थी। उसने कोई प्रतिक्रिया नहीं दी। अब तक प्लान के मुताबिक DJ ने उनका

स्पेशल गाना बजा दिया था और हर्ष गुलदस्ता और गिफ्ट का बॉक्स लेकर आगे आ गया था। पर नताशा अपनी जगह से नहीं हिली। दुष्यंत को इतना यकीन था कि नताशा हाँ ही कहेगी कि उसने सारी प्लानिंग पहले ही कर ली थी।

पर नताशा के इस तरह स्तब्ध रह जाने से सारा माहौल कुछ अजीब-सा हो गया था। हर्ष मौके की नज़ाकत को भांपकर बोल पड़ा, "नताशा।"

हर्ष की आवाज़ ने जैसे नताशा को नींद से जगाया।

"हाँ।" अचानक जैसे उसे होश आया। अपने सामने मौजूद परिस्थिति को सँभालने की कोशिश करती हुई वह दो कदम दुष्यंत की तरफ़ आगे बढ़ी। उसने दोनों हाथों से दुष्यंत का हाथ थाम उसे उठाया। वह कुछ कहे इससे पहले दुष्यंत को आने वाला जवाब जैसे मालूम था। उसकी पूरी दुनिया हिल गई थी।

"दुष्यंत, मुझे ग़लत मत समझना। तुम मुझे अच्छे लगते हो और तुम्हारे साथ वक्त बिताकर मुझे भी ख़ुशी मिलती है। पर मैं इतनी जल्दी इतना बड़ा फैसला नहीं ले सकती। अभी मेरी उम्र ही क्या है? ये फैसले आप जिंदगी में एक बार लेते हो और भगवान न करे कहीं उसमें गलती हो गई तो दो घर एक साथ बर्बाद होने का डर बना रहता है। और मैं इसके लिए अभी तैयार नहीं हूँ। मुझे सोचने के लिए वक़्त चाहिए।" नताशा ने दुष्यंत की आँखों में झाँकते हुए कहा।

दुष्यंत इस मौके को हाथ से नहीं जाने देना चाहता था। उसे अब नताशा को खोने का डर होने लगा था। "कोई बात

नहीं, मैं समझ सकता हूँ। तुम आराम से सोचकर जवाब देना। अभी के लिए इसे मेरी अमानत समझकर अपने पास रखो।" कहते हुए उसने वह रिंग, फूल और गिफ्ट बॉक्स नताशा को थमा दिए।

नताशा ने अनमने मन से उन्हें ले लिया।

"खाना ऑर्डर करें? भूख लग रही है।" हर्ष अब जल्द से जल्द उस बातचीत को वहीं ख़त्म कर देना चाहता था।

उसके बाद तीनों ने लगभग चुपचाप खाना खाया। दुष्यंत का चेहरा उतर गया था पर वह अभी कुछ नहीं कर सकता था। थोड़ी-बहुत इधर-उधर की बात करने के अलावा वे ज्यादातर चुप रहे। उस जगह पर किसी और के मौजूद न होने की वजह से वह खामोशी और भी चुभ रही थी। आखिरकार जैसे-तैसे खाना ख़त्म करके वे लोग बाहर निकले।

वहाँ से निकलकर नताशा अपने रास्ते चली गई। हर्ष ने दुष्यंत को घर छोड़ा। रास्ते भर दुष्यंत ने कुछ नहीं कहा और हर्ष ने भी कुछ पूछा नहीं। घर पहुँचकर दुष्यंत सीधे जाकर सो गया। उसे अब बस नताशा से आने वाले जवाब का इंतज़ार था।

अध्याय 2

टूटा दिल

अगले दिन सुबह 11 बजे तक दुष्यंत अपने कमरे में बिस्तर पर लेटा करवटें बदलता रहा। इस दौरान उसने कई दफ़ा फ़ोन उठाकर देखा कि कहीं नताशा का कोई जवाब तो नहीं आया। पर उसका कोई मैसेज नहीं आया था। आख़िर थककर वह उठने के बारे में सोच ही रहा था कि अचानक हर्ष का कॉल आया।

"हैलो।" दुष्यंत की आवाज़ में नींद का आलस साफ़ झलक रहा था।

"आज जनाब को ऑफिस नहीं आना है क्या?" हर्ष ने व्यंग्यात्मक आवाज में पूछा।

दुष्यंत को मालूम था कि हर्ष मज़ाक कर रहा था। उसने भी हर्ष के मजाक को आगे खींचते हुए कहा, "नहीं, आज इस जनाब का मूड नहीं हो रहा है। कल रात का नशा अभी तक उतरा नहीं है। दो-तीन घंटे और सोऊँगा तब जाकर शायद तबीयत ठीक होगी।"

"चुपचाप ऑफिस आ जाओ। बहुत काम बाकी है। नताशा के मैसेज के इंतज़ार में पूरे दिन सोते मत रहो। मैसेज मोबाइल पर आएगा तो यहाँ ऑफिस में भी दिख जाएगा। यहाँ इतना काम बाक़ी है, ख़ासकर वह टेंडर जिसका जवाब भेजने का आख़िरी दिन आज है। पहले उसके बारे में आपस में सलाह-मशविरा करना जरूरी है, तो जल्दी से ऑफिस पहुँचो।" कहते हुए हर्ष ने फ़ोन रख दिया।

बिस्तर पर लेटे हुए दुष्यंत थोड़ी देर छत पर घूमते पंखे को यूँ ही घूरता रहा। उसकी जिंदगी भी कुछ-कुछ उस पंखे की तरह बस घूमे जा रही थी, बेरंग, बेमानी। उसका बनाया प्रोडक्ट अभी तक कहीं भी ठीक से बिक नहीं रहा था। और कुछ रंग उसने ज़िन्दगी में डालने की कोशिश की तो नताशा ने हाथ रोक दिया। फिर से नताशा की याद आने पर उसने फ़ोन चेक किया। पर उसका कोई कॉल या मैसेज नहीं था। "मैं पूरे दिन इस तरह ख़ुद को परेशान नहीं कर सकता।" सोचते हुए दुष्यंत ने सिर को झटका और बिस्तर से बाहर आ गया। अगले आधे घंटे में तैयार होकर वह ऑफिस के लिए निकल पड़ा।

ऑफिस में पूरे दिन दुष्यंत का मन किसी काम में नहीं लग रहा था। आधे दिन वह कंप्यूटर के सामने बैठा खाली स्क्रीन को घूरता रहा और जब नहीं रहा गया तो उठकर हर्ष के केबिन में जा बैठा।

"क्या हुआ? कुछ जवाब आया?" हर्ष को मालूम था कि वह वहाँ किसलिए आया था।

"अभी तक तो नहीं। कल रात से उसका कोई मैसेज या

कॉल नहीं आया है। उसने घर पहुँचकर भी कोई मैसेज नहीं किया। हर बीतते पल के साथ मेरे दिल की धड़कन तेज होने लगी है।"

"टेंशन मत लो। नताशा कल बोल कर गई है कि उसे सोचने के लिए वक्त चाहिए। वैसे तुम्हें अगर जल्दी है तो तुम फ़ोन कर लो।"

"अच्छा, और फ़ोन करके क्या कहूँ? ज़्यादा परेशान करूँगा तो वह अगर हाँ कहने के लिए सोच भी रही होगी तो मना कर देगी।"

"फिर इंतज़ार करो।" हर्ष को समझ नहीं आ रहा था कि वह क्या जवाब दे।

"वही तो कर रहा हूँ। मेरा तो आज काम करने का बिल्कुल मूड नहीं हो रहा है। मैं आधे घंटे में निकलने वाला हूँ।" दुष्यंत ने सामने पड़ी एक फाइल को पलटते हुए कहा।

अगले आधे घंटे कैसे गुज़रे दुष्यंत को पता ही नहीं चला। वह उठकर जाने ही वाला था कि उसके मोबाइल पर एक नए मैसेज के आने की रिंगटोन बजी। दुष्यंत को मालूम था कि वह ध्वनि उसने ख़ास नताशा के मैसेज के लिए लगा रखी थी। धड़कते दिल के साथ उसने वह मैसेज खोला।

उसमें लिखा था, "हाय दुष्यंत। मुझे नहीं मालूम कि जो मैं कहने जा रही हूँ, वह बात तुम्हें दुख दिए बिना कैसे कहूँ। जितना मैं तुम्हें जानती हूँ, मुझे पता है तुम कल से अभी तक बस मेरे जवाब का इंतज़ार कर रहे होगे। और यक़ीन मानो, यह जवाब मेरे लिए भी इतना आसान नहीं है। मैंने बहुत सोचा

पर किसी तरीके से मैं ख़ुद को वह जवाब देने के लिए तैयार नहीं कर पायी, जिसका तुम्हें इंतज़ार है।

ज़िन्दगी बहुत लंबी है और मेरी समझ अभी बहुत छोटी। मैं तो अभी बस कॉलेज की रंगीन दुनिया से बाहर निकल असली दुनिया में कदम ही रख रही हूँ। मेरे लिए अभी काफ़ी कुछ देखना और समझना बाक़ी है। ऐसे में मुझे नहीं लगता है कि मैं इतने बड़े फैसले के लिए तैयार हूँ। ये मुझसे नहीं हो पाएगा। हो सके तो तुम्हारा दिल दुखाने के लिए मुझे माफ करना। अपने इस जवाब के बाद मुझे नहीं लगता है कि मैं सिर्फ़ दोस्त बनकर भी तुम्हारे साथ रह पाऊँगी। तुम एक अच्छे इंसान हो और हर वक्त तुम्हारी आँखों में मुझे वह प्यार नज़र आयेगा जो तुम मेरी आँखों में ढूँढ रहे होगे। तो आज के बाद मैं तुमसे नहीं मिल पाऊँगी। तुम्हारा दिल दुखाने का मेरा कोई इरादा नहीं है पर इसके अलावा और कोई रास्ता भी नहीं बचा है। तुम्हारा गिफ्ट कुरियर से मैंने वापस भेज दिया है। थोड़ी देर में तुम्हें मिल जाएगा। जो हुआ उसके लिए सॉरी।"

उस मैसेज को देख दुष्यंत स्तब्ध-सा अपनी जगह पर बैठा रहा। उसकी नज़रें उस मोबाइल की स्क्रीन से हट नहीं रही थीं। उसे ऐसा महसूस हो रहा था जैसे उसके सोचने-समझने की क्षमता ही खत्म हो गई हो। भविष्य के जिन सुनहरे सपनों के साथ वह पिछले कई महीनों से जी रहा था, वे नताशा के जवाब से एक पल में धुआँ हो गए थे।

अगले कुछ मिनटों तक कमरे में खामोशी छाई रही। दुष्यंत अपने ग़म में डूबा बैठा रहा और उसकी परिस्थिति से अनजान

हर्ष की निगाहें सामने रखे कम्प्यूटर की स्क्रीन पर गड़ी थीं।

थोड़ी देर बाद जब हर्ष ने एक फाइल उठाने के लिए हाथ बढ़ाया तो अनायास ही उसकी नज़र दुष्यंत पर पड़ी।

"तुम गए नहीं अभी तक? नीचे कैफ़े में चाय पीने चलें?" हर्ष ने पूछा। वह अपने काम में इतना खोया था कि उसे एहसास ही नहीं हुआ कि कब दुष्यंत के फ़ोन पर वह मैसेज आया जिसे पढ़कर वह इस तरह परेशान बैठा था। पर दुष्यंत पर एक नज़र पड़ते ही, उसकी हालत देख हर्ष सब समझ गया। वह लपककर अपनी जगह से उठ दुष्यंत के पास पहुँचा। "क्या नताशा का मैसेज आया है?" उसने पूछा।

दुष्यंत ने सिर्फ़ सहमति में सिर हिलाया। उसे समझ नहीं आ रहा था कि क्या कहे। उसने चुपके से मोबाइल हर्ष की तरफ़ बढ़ाया।

एक नज़र मैसेज पर डालते ही हर्ष आग-बबूला हो उठा। "उसे कॉल कर। वह ऐसा कैसे कह सकती है? आख़िर इतने दिनों से तुम दोनों साथ हो। अगर उसे तुम्हारे साथ नहीं होना है तो इतने दिनों से तुम्हारे साथ क्यों घूम रही थी? उसको फ़ोन लगा कर बात कर।"

हर्ष के समझाने पर दुष्यंत के मन में एक हल्की-सी आस उभरी और उसने नताशा के नंबर पर कॉल किया। पर कनेक्शन नहीं मिला। "ये नंबर मौजूद नहीं है।" बस यही संदेश बजता रहा। उसने मैसेज भेजने की भी कोशिश की पर वह भी नताशा के नंबर पर नहीं पहुंचा। "उसने मुझे ब्लॉक कर दिया है।" दुष्यंत की सारी उम्मीद ख़त्म हो गई थी।

“भूल जा उसे। वह तुम्हारे लायक़ ही नहीं थी। तुम्हें उससे और भी बेहतर मिलेगी।” हर्ष ने कह तो दिया, पर दुष्यंत के लिए वह बात इतनी छोटी नहीं थी। पहली दफ़ा उसने किसी के साथ ज़िन्दगी बिताने के सपने देखे थे। वे सपने जो अब टुकड़े होकर उसके दिल में चुभ रहे थे।

इतनी देर में एक कुरियर वाला नताशा का लौटाया गिफ्ट और रिंग लेकर ऑफिस में दाखिल हुआ।

हर्ष सामान ले उस कुरियर वाले को विदा कर दुष्यंत की तरफ़ पलटा। “सुनो, तुम अब उसकी याद में देवदास बने मत रहो। सबसे पहले यह रिंग और यह गिफ्ट वापस कर अपने पैसे वापस लो। फिर घर जाकर आराम करो। मैं तुम्हारे साथ चलता पर आज उस टेंडर का जवाब भेजना ही होगा। डेडलाइन मिस नहीं कर सकता। कल मिलकर बात करते हैं।” कहते हुए हर्ष ने दुष्यंत को कंधे से पकड़कर उठाया।

दुष्यंत ने बस सिर हिलाया और चुपचाप वह गिफ्ट और रिंग पॉकेट में डाल बाहर निकल गया।

वह बारिश का मौसम नहीं था पर तभी ना जाने कहाँ से हल्की बूँदा-बाँदी शुरू हो गई थी। उस अचानक आई बेमौसम बरसात से सड़क पर मौजूद लोगों की भीड़ तितर-बितर हो गई। बारिश के शोर में जैसे पूरे शहर की आवाज दब-सी गई और वहाँ खड़े दुष्यंत को उसके ख़ालीपन का एहसास कराने लगी। उस एहसास भर से दुष्यंत के मन में एक हल्की-सी टीस उठी और आँसू की कुछ बूँदें उसकी आँखों में छलक आईं। उसके चेहरे पर टपकती वे बारिश की बूंदें उन आँसुओं को

छिपाने में उसकी भरसक मदद कर रही थीं। थोड़ी देर नम आँखों से उस बारिश में चलने के बाद दुष्यंत ने अपनी आँखें पोंछीं और गाड़ी में सवार होकर निकल पड़ा। उसने जाकर पहले वह रिंग वापस की और वहाँ से गिफ्ट शॉप की ओर बढ़ चला।

———————

वह गिफ्ट शॉप एक मॉल के अंदर स्थित थी और गाड़ी पार्किंग में लगाकर दुकान तक पहुँचने में दुष्यंत को काफ़ी देर हो चुकी थी। नताशा के जवाब ने उसे लगभग निढाल कर दिया था और वह बस किसी तरह वह गिफ्ट वापस कर घर जाकर सो जाना चाहता था।

"मुझे यह गिफ्ट वापस करना है।" दुष्यंत ने बेमन से सीधे दुकान के काउंटर पर जाकर गिफ्ट टेबल पर रखते हुए कहा।

काउंटर पर एक बूढ़ा दुकानदार बैठा ऊँघ रहा था। दुकान के अंदर उस वक्त इक्के-दुक्के ग्राहक ही दिख रहे थे। दुष्यंत की आवाज से जैसे उस बूढ़े दुकानदार की आँख खुल गई। उसने सामने पड़ा चश्मा लगा, नज़र उठाकर दुष्यंत की ओर यूँ देखा जैसे किसी चोर की सच्चाई परख रहा हो। उसकी हालत से साफ़ जाहिर था कि उसे किसी ग्राहक के वहाँ होने से ज़्यादा अपनी नींद प्यारी थी।

दुष्यंत को दुकानदार का उसे यूँ घूर कर देखना पसंद नहीं आया। "कल ही लेकर गया था। बिल भी अंदर ही है। आप चाहो तो जाँच लो। जिसके लिए लिया था उसे पसंद नहीं आया।"

"पसंद नहीं आया या लेने से मना कर दिया!" दुकानदार बड़बड़ाया। उस बूढ़े को अपनी नींद में यूँ ख़लल पसंद नहीं आया था।

"क्या कहा आपने?" दुष्यंत को तैश आ गया। उसने दुकानदार की बात सुन ली थी और वह बात उसे अपने जले पर नमक की तरह लगी।

दुष्यंत को गुस्सा होते देख एक पल के लिए दुकानदार हड़बड़ाकर अपनी जगह उठ खड़ा हुआ पर फिर तुरंत ख़ुद को सँभालते हुए बोला, "सॉरी सर, पर मैं यह गिफ्ट वापस नहीं ले सकता। मुझे याद है कल आप आए थे और आपके कहे अनुसार हमने इसके ऊपर मैसेज लिखा था।" उस बूढ़े दुकानदार ने अपनी असमर्थता जताते हुए कहा।

"पर इस पर किसी का नाम तो नहीं लिखा।" दुष्यंत ने उसे समझाने की कोशिश की।

"फिर भी सर। हमारी दुकान की पॉलिसी के अनुसार मैं यह वापस नहीं ले पाऊँगा। आप इसे ले जाइए।" दुकानदार ने सामने दरवाज़े के पास चिपके एक काग़ज़ के टुकड़े की ओर इशारा करते हुए कहा। उस पर साफ़ लिखा था, "बेचा हुआ कोई भी गिफ्ट वापस नहीं लिया जाएगा।"

दुकानदार के रवैये से दुष्यंत को समझ आ गया कि वहाँ से किसी भी हालत में पैसे वापस नहीं मिलने वाले थे। उसने एक बहुत ही महँगी टेबल घड़ी नताशा के लिए गिफ्ट में ली थी और उस पर ख़ास लिखवाया था, "अमिट प्यार के नाम।" वह घड़ी वह अपने पास भी नहीं रख सकता था। वह उसे हमेशा

नताशा की याद दिलाती रहती। वह उसे किसी और को भी गिफ्ट नहीं दे सकता था। अफ़सोस में एक आह भरते हुए वह गिफ्ट वहीं काउंटर पर छोड़, दुष्यंत बाहर निकलने के लिए दरवाज़े की ओर बढ़ा।

"अरे भाई, अपना गिफ्ट तो लेते जाओ।" बूढ़े दुकानदार ने पीछे से आवाज़ लगायी।

दुष्यंत एक पल के लिए रुक कर पलटा, "आपके जिस ग्राहक को देख आपको लगे कि उसे सबसे ज़्यादा प्यार की ज़रूरत है, ये उसे गिफ्ट में दे देना।" कहता हुआ वह बाहर निकल गया।

"कैसे-कैसे पागल आ जाते हैं।" बड़बड़ाते हुए दुकानदार ने उस गिफ्ट को काउंटर पर एक कोने में सरका कर रख दिया और वापस अपनी कुर्सी पर बैठ ऊँघने लगा।

देखते-देखते दुकान बंद होने का वक्त हो चला। दुकानदार बस शटर गिराकर निकलने की तैयारी कर रहा था। दुकान में कुछ गिने-चुने ग्राहक ही रह गए थे और वे भी धीरे-धीरे छँट रहे थे। आखिरकार दुकान में बस एक लड़की बच गई थी और वह फ़ोन पर किसी से बातें किए जा रही थी।

"मैडम, दुकान बंद होने का टाइम हो गया है। आप प्लीज़ जरा जल्दी करेंगी।" उस बूढ़े दुकानदार ने जाकर उसे टोका।

उस लड़की ने हाथ से 5 मिनट और का इशारा किया और वापस फ़ोन पर किसी से बात करने लगी। उसने जीन्स, टीशर्ट, जैकेट और स्नीकर्स पहन रखे थे और उसके बाल पीछे जूड़े में

बंधे थे। अपनी वेश-भूषा और बोल-चाल से वह नये जमाने की आधुनिक विचारों वाली लड़की प्रतीत हो रही थी।

जाते हुए दुकानदार ने सुना, वह किसी को बोले जा रही थी, "यार, ये तो होना ही था। मुझे तो यह वैलेंटाइंस डे पूरा ही बिज़नेस लगता है। प्यार का कोई एक दिन थोड़े ही होता है। ये तो बस फूल, कैंडी और गिफ्ट बेचने का एक बहाना है। एक तो मुझे ये रोमांटिक टाइप के लड़के जो एक दिन में तुम पर फ़िदा हो जाएं, वह कभी पसंद नहीं आए। ये सब भोली-भाली लड़कियों को गुमराह करने के तरीके हैं। वो तो लड़कियां ही होती हैं जो ना जाने कैसे छोटे-मोटे गिफ्ट से पिघल जाती हैं। अरे भाई, पहले एक-दूसरे को समझो तो, प्यार तो होता रहेगा। ये रोमांस वक्त बर्बाद करने का सबसे अच्छा तरीका है। खैर मुझे जो कहना था मैंने कह दिया, अपनी जिंदगी का फैसला तो सबको ख़ुद ही लेना पड़ेगा। चल मैं निकलती हूँ। ऑफिस पार्टी का गिफ्ट मैंने ले लिया है। कल ऑफिस में मिलते हैं।" कहते हुए उसने फ़ोन रखा और काउंटर पर बिल का भुगतान करने के लिए पहुँची।

दुकानदार ने चुपचाप पैसे ले लिए और छुट्टे वापस करते वक्त बोला, "सॉरी, पर दुकान खाली होने की वजह से मैंने फ़ोन पर कही आपकी बात सुनी। बुरा ना मानो तो मैं एक बात कहूँ?"

"जी कहिए।" उस लड़की ने अचरज से कहा।

"बुरा मत मानना। मेरी उम्र हो गई है तो तजुर्बे से कहता हूँ, रोमांस दुनिया का सबसे हसीन एहसास है। अगर रोमांस है

तो सब अच्छा लगता है, अगर जिंदगी में रोमांस ना हो तो जिंदगी बेज़ार है। अब उस रोमांस को एक दिन मनाओ या रोज, ये तो सामने वाले पर निर्भर करता है। पर जब रोमांस ज़िन्दगी में आए ना तो उसे इंतज़ार मत कराओ। उसे गले लगाकर अपनाओ। क्या पता वह वापस आए या ना आए।" उसने मुस्कुराते हुए कहा।

"दुनिया बहुत बदल गई है बाबा। ये सब आपके ज़माने में होता होगा, पर आज नहीं। आजकल की फ़ास्ट लाइफ में पहले ख़ुद को बनाने की ज़रूरत है, फिर रोमांस का नंबर आता है। वरना रोमांस के चक्कर में जिंदगी बर्बाद हो जाएगी और एक बार पैसे खत्म तो रोमांस को भी रफूचक्कर होने में वक्त नहीं लगता। उस पर से आजकल के मतलबी लड़के। एक बार उनका मतलब पूरा हुआ तो वे पलटकर आपकी तरफ़ देखते भी नहीं, हाल-चाल पूछना तो दूर की बात रही।"

"पता नहीं। हो सकता है कि मैं बूढ़ा आजकल के तौर-तरीकों से शायद वाक़िफ़ ना होऊं, पर इतना जानता हूँ कि इश्क़ हर दौर में इश्क़ ही रहेगा। खैर, सॉरी मैंने तुम्हें बोर किया हो तो।"

"अरे नहीं। ऐसी कोई बात नहीं है बाबा। सॉरी मेरी वजह से शायद आपको दुकान बंद करने में देर हो गई। चलती हूँ, बाय।" कहते हुए वह लड़की छुट्टे पैसे और अपना खरीदा हुआ सामान लेकर दरवाज़े की तरफ़ बढ़ी।

"सुनो, एक मिनट रुकना।" दुकानदार ने पीछे से वापस आवाज लगाई।

उसकी आवाज़ सुन वह लड़की अपनी जगह से मुड़ वापस आई। "क्या हुआ? हिसाब में कुछ गड़बड़ हुई है क्या?" अब उसकी आवाज़ थोड़ी-सी रूखी थी।

"अरे नहीं, हिसाब एकदम ठीक था।"

"तो फिर, आपने वापस क्यों बुलाया?"

"यह तुम्हारे लिए है।" कहते हुए दुकानदार ने दुष्यंत का छोड़ा हुआ गिफ्ट उसकी तरफ़ बढ़ाया।

"इसमें क्या है?" उस लड़की ने सतर्क होते हुए पूछा। उसे दुकानदार का बर्ताव समझ नहीं आ रहा था।

"गिफ्ट है। शायद तुम्हारे लिए।"

"यह कोई मज़ाक तो नहीं? मुझे ऐसे मज़ाक बिल्कुल पसंद नहीं हैं।"

"अरे नहीं। एक सिरफिरा आज ये छोड़ गया और बोला किसी को प्यार की ज़रूरत लगे तो उसे दे देना। मुझे लगता है तुम्हें शायद इसकी सब से ज़्यादा ज़रूरत है। क्या पता ये तुम्हारी रोमांस में रुचि जगा दे। रख लो। पसंद ना आए तो वापस कर जाना।"

वह लड़की एक पल के लिए झिझकी। फिर कुछ सोच उसने वह गिफ्ट उठा लिया, "शुक्रिया, पर पसंद नहीं आया तो वापस कर दूँगी।"

"बिल्कुल।" कहते हुए दुकानदार ने वह गिफ्ट उसे थमा दिया। "वैसे क्या नाम है तुम्हारा?"

"अवनी।" कहती हुई वह लड़की दुकान से बाहर निकल गई।

अब किस्मत के खेल तो किस्मत ही जानती है। उस वक्त अवनी को भी कहाँ मालूम था कि वह गिफ्ट उसकी जिंदगी और सोच में कितना बड़ा बदलाव लाने वाला था।

अध्याय 3

किस्मत का खेल

उस दिन के बाद से अगले कई हफ़्तों तक दुष्यंत का किसी भी काम में मन नहीं लग रहा था। उसने नताशा को कॉल करने की फिर कई बार कोशिश की, पर हर कोशिश नाकाम रही। एक-दो बार उसने नताशा के घर जाने की भी सोची पर फिर आख़िरी वक़्त में रुक गया। "अगर वह मुझसे रिश्ता नहीं रखना चाहती तो मेरा कोई हक़ नहीं बनता कि मैं इस तरह उसका पीछा करूँ।" यह सोचकर वह रुक जाता। फिर भी नताशा के उसे इस तरह छोड़कर चले जाने से जो टीस उसके दिल में उठ आई थी, वह जाने का नाम ही नहीं ले रही थी। वह ऑफिस भी जाता तो काम में उसका मन नहीं लगता। हर्ष ने भी उसे समझाने की बहुत कोशिश की पर उसका कोई फ़ायदा नहीं हुआ। देखते-देखते ऐसे ही तीन हफ़्ते गुज़र गए।

उस दिन भी दुष्यंत ऑफिस आकर अपने केबिन में बैठा था। लाख कोशिशों के बावजूद वह काम पर ध्यान नहीं दे पा रहा था। उनकी कंपनी के कई ऑर्डर्स की डिलीवरी लेट हो गई

थी। हर्ष अकेला जितना हो सकता था, उतना सँभालने की कोशिश कर रहा था, पर दो लोगों के काम का बोझ उस अकेले के लिए भी भारी पड़ रहा था। थोड़ी देर तक काम में ध्यान लगाने की कोशिश करने के बाद जब नहीं रहा गया तो दुष्यंत उठकर हर्ष के केबिन में जा बैठा।

हर्ष उस वक्त किसी के साथ फ़ोन पर बात कर रहा था। कॉल पर सामने वाला बोले जा रहा था और हर्ष सिर्फ़ 'हाँ-हूँ' में जवाब दे रहा था।

“आज काम में मन नहीं लग रहा। शाम को दारू पीने पब चलें? नशे के बाद शायद मन हल्का लगे।” थोड़ी देर बाद हर्ष के फ़ोन रखते ही दुष्यंत बोल पड़ा।

दुष्यंत की आवाज़ सुन हर्ष ने उसकी तरफ़ पलटकर देखा पर कुछ कहा नहीं। उसके भावविहीन चेहरे से समझ नहीं आ रहा था कि वह क्या सोच रहा था।

“क्या सोच रहे हो? चलें?” दुष्यंत ने दोबारा पूछा।

हर्ष ने सिर्फ़ एक आह भरी और बोला, “दुष्यंत, तुम मेरे सबसे ख़ास दोस्त हो। तुम कहोगे तो मैं तुम्हारे साथ जहन्नुम में भी चल लूँगा। पर अभी कुछ बातें करनी ज़रूरी हैं।”

“हाँ, बोलो।”

हर्ष अपनी जगह से उठकर दुष्यंत के सामने आकर बैठ गया। “मुझे पता है तुम अभी तक उस नताशा वाले हादसे से उबर नहीं पाए हो। पर अब बहुत वक्त बीत चुका है। तुम्हें काम पर ध्यान देना चाहिए। मैं जानता हूँ तुमने बाद में भी कई बार उसे कॉल करने की कोशिश की पर उस तक पहुँच नहीं

पाए। अब वह अगर तुम्हारे साथ कोई रिश्ता नहीं रखना चाहती तो तुम ज़िन्दगी भर देवदास बनकर उसकी यादों में तो नहीं जी सकते। तुम्हें आज नहीं तो कल वर्तमान में वापस तो आना ही पड़ेगा ना! इसलिए मेरी मान और काम पर ध्यान लगा।"

"मैं कोशिश कर रहा हूँ हर्ष। पर मुझसे नहीं हो रहा है। जब भी मैं कोई कंप्यूटर प्रोग्राम लिखने बैठता हूँ, उसका चेहरा सामने आ जाता है। लाख कोशिशों के बावजूद मैं उसे भूल नहीं पा रहा हूँ।"

"दोस्त, मैं पिछले कई दिनों से तुम्हें कुछ बताना चाह रहा था पर तुम्हारी हालत देखकर मैं छिपाता रहा। पर अब कहना पड़ेगा।" हर्ष के चेहरे पर एक अजीब-सी मायूसी छाई थी।

"बोलो। ऐसे पहेलियाँ क्यों बुझा रहे हो? घर पर सब ठीक है न?" दुष्यंत को हर्ष की हालत देखकर चिंता होने लगी।

"घर पर तो सब ठीक है, पर काम पर नहीं। तुम्हें पता है अभी मैं फ़ोन पर किसके साथ बात कर रहा था?" हर्ष ने पूछा।

"नहीं। मुझे कैसे पता होगा? मैं अभी तो इस केबिन में आया हूँ।" दुष्यंत को समझ नहीं आ रहा था कि हर्ष क्या कहना चाह रहा था।

"कॉल पर मिस्टर कल्पेश खुराना थे। यहाँ के सबसे बड़े शॉपिंग मॉल के मालिक। तुम्हें अगर याद हो तो हम उनसे पिछले साल मिले थे और उनको अपने प्रोडक्ट का डेमो दिखवाया था।"

"हाँ, याद है।"

"फिर तुम्हें यह भी याद होगा कि उन्होंने कुछ सुझाव दिए थे जिन पर काम करके हमें उन्हें दिखाना था।"

"हाँ, वह तो मैंने पिछले महीने ही भेज दिया था।"

"पिछले हफ़्ते वे हम दोनों से मिलना चाह रहे थे। उन्हें कुछ और बदलाव चाहिए थे।"

"फिर?"

"पहले मेरा प्लान था कि हम दोनों साथ उस मीटिंग में जाएँगे, पर तुम पिछले कुछ दिनों से किसी से मिलने की हालत में ही नहीं हो। तो मैं उनसे अकेले मिलकर आया।"

"तुमने मुझे बताया नहीं।"

"कैसे बताता? तुम सुनने की हालत में ही नहीं थे। खैर, तब उन्होंने उनके बताए नये बदलाव करने के लिए हमें चार महीने की मोहलत दी थी। पर अभी उनका फ़ोन आया कि दो महीने में उनकी बोर्ड मीटिंग आ रही है। तो अगर वे बदलाव करके हम उन्हें उससे पहले दिखा पाएँगे तो वे हमारे प्रोडक्ट को खरीदने की सिफ़ारिश अपने बोर्ड से करेंगे। और तुम्हें पता है कि हमारी कंपनी में कोडिंग का काम तुम ही करते हो। मैं मार्केटिंग कर सकता हूँ पर कोडिंग नहीं। तो अगर तुम अपने ग़म से बाहर निकलकर काम पर ध्यान नहीं दोगे तो जल्दी ही यह कंपनी बंद हो जाएगी।" हर्ष की आवाज़ में मायूसी साफ़ झलक रही थी।

"सॉरी दोस्त, मेरी वजह से तुम्हें भी इतनी तकलीफ़ का सामना करना पड़ रहा है। मैं बहुत कोशिश कर रहा हूँ उसे भूलने की, पर हो नहीं रहा। समझ नहीं आ रहा कि मैं क्या

करूँ।" दुष्यंत ने भारी मन से नज़रें नीचे झुकाते हुए कहा।

"मैं जानता हूँ। इसलिए मैंने एक उपाय सोचा है।" हर्ष ने कुछ सोचते हुए जवाब दिया।

"क्या उपाय?"

"तुम्हारे बनाए प्लान के मुताबिक अगर नताशा हाँ कह देती तो तुम उसके साथ यूरोप जाने वाले थे।"

"हाँ, ख़्वाब तो कुछ ऐसे ही थे। पर अब क्या करें, हर ख़्वाब तो पूरा नहीं होता है ना।" दुष्यंत ने एक आह भरी।

"मेरी बात तो सुनो। जहाँ तक मुझे याद है, तुमने उस ट्रिप की सारी बुकिंग कर रखी है और वह कैंसिल भी नहीं हो पायी है।"

"हाँ, मुझे अंगूठी के पैसे वापस मिल गए। दुर्भाग्य से बाक़ी सारी बुकिंग कैंसल नहीं हो सकती थीं। तो सारे पैसे बर्बाद हो गए। पर तुम मुझे उसकी याद क्यों दिला रहे हो?"

"इसलिए क्योंकि मैं चाहता हूँ कि तुम वे पैसे बर्बाद मत करो। नताशा नहीं आई तो क्या हुआ, तुम एक सोलो ट्रिप करके आओ। शायद यहाँ से दूर जाओगे तो तुम्हें उसकी यादों से उबरने में आसानी होगी।"

दुष्यंत थोड़ी देर हर्ष की तरफ़ देखता रहा। बात तो उसकी सही थी। दुष्यंत ने ऐसा सोचा ही नहीं था। "पर इस काम का क्या होगा?" उसने चिंता से पूछा।

"उसकी फ़िक्र मत करो। हमारे पास अभी वक्त है। बस तुम अपने पुराने रूप में वापस आ जाओ। मुझे पूरा यक़ीन है कि जो बदलाव उन्होंने मांगे हैं वह तुम दो हफ़्तों में बड़े आराम

से कर लोगे। तो तुम जाओ और नताशा को भूलकर वापस आओ। तब तक मैं यहाँ सँभालता हूँ। कई और लोग हैं जिनके ऑर्डर्स की डिलीवरी लेट चल रही है। अभी मुझे उन सबको फ़ोन कर उनकी गालियाँ सुननी होंगी।" कहते हुए हर्ष ने दुष्यंत को मजाकिया अंदाज़ में केबिन से बाहर जाने का इशारा किया।

दुष्यंत मुस्कुराते हुए अपनी जगह से उठा और हर्ष से लिपट गया। "तुम्हारे बिना मैं क्या करता?"

"ड्रामा मत करो। जाकर टिकट और वीज़ा बुक करो और मुझे काम करने दो।" हर्ष ने हँसते हुए कहा।

थोड़ी देर बाद दुष्यंत अपने केबिन में बैठा आने वाले ट्रिप के टिकट बुक कर रहा था। "मुझे ख़ुद को सँभालना ही होगा। मैं इस तरह भावनाओं में बहकर जिंदगी नहीं काट सकता।" ख़ुद को समझाते हुए उसने मन ही मन में सोचा। उसे इतनी देर में यक़ीन होने लगा था कि वापस आकर सब ठीक हो जाएगा।

देखते-देखते वक्त बीता और आज एक हफ़्ते के बाद दुष्यंत एयरपोर्ट पर बैठा पेरिस की फ़्लाइट का इंतज़ार कर रहा था। उसे नताशा की कमी खल रही थी पर एयरपोर्ट तक अकेले आकर उसे जैसे कुछ तो अलग महसूस हो रहा था। कुछ ऐसा जो उसने पिछले कई हफ्तों से महसूस नहीं किया था। यह पहली बार था जब वह किसी सफ़र पर अकेले विदेश जा रहा था। टूटे दिल की मायूसी के दलदल में इस बात का रोमांच

धीरे-धीरे उसके अंदर पनपने लगा था।

इस ट्रिप की सारी प्लानिंग और बुकिंग जैसे होटल, गाड़ी, घूमना-फिरना पहले ही हो चुकी थी। सिर्फ़ फ़्लाइट के टिकट और वीज़ा बाक़ी था। वह करवाकर आज वह रवाना हो रहा था।

"जा और ख़ुद को समेटकर वापस आ। तुम्हारा इंतज़ार रहेगा।" हर्ष ने उसे एयरपोर्ट पर छोड़ते वक्त कहा था।

सिक्योरिटी की औपचारिकताएँ पूरी कर दुष्यंत गेट के पास ही बैठा था। बोर्डिंग की घोषणा हो चुकी थी और लोग धीरे-धीरे लाइन में लगकर प्लेन के अंदर घुस रहे थे। दुष्यंत को उस लाइन में इंतज़ार करना पसंद नहीं था और वह लोगों की भीड़ कम होने का इंतज़ार करता रहा। थोड़ी देर में भीड़ छँटी और इक्के-दुक्के लोग ही लाइन में बचे थे। बोर्डिंग की आखिरी घोषणा होते ही दुष्यंत अपनी सीट से उठकर प्लेन की तरफ़ बढ़ा ही था कि उसकी नज़र दूर से भागकर आ रही एक लड़की पर पड़ी। वह लड़की एक हाथ में बैग पकड़े, काउंटर की तरफ़ देख अपना दूसरा हाथ हवा में लहराती हुई भागी चली आ रही थी। कुछ तो बात थी उस लड़की में कि एक पल को अपना ग़म भूलकर दुष्यंत उसकी तरफ़ देखता रहा।

"सर, बोर्डिंग पास प्लीज़।" फ़्लाइट अटेंडेंट ने दुष्यंत को देखकर पूछा।

"हाँ।" दुष्यंत जैसे नींद से जागा। उसने बोर्डिंग पास उस अटेंडेंट की तरफ़ बढ़ाया।

"थैंक यू सर। बोर्डिंग अब बंद होने वाली है।" कहते हुए

अटेंडेंट ने दुष्यंत को प्लेन के अंदर की तरफ़ बढ़ने का इशारा किया।

दुष्यंत अंदर घुसने ही वाला था कि ना जाने क्यों उसकी नज़र वापस उस लड़की की तरफ़ मुड़ी। वह अब काफ़ी पास आ गई थी। पर दुष्यंत जानता था कि एक बार बोर्डिंग बंद हो जाने के बाद उसकी फ़्लाइट छूट जाती।

"दोस्त, एक मिनट रुकना। मुझे लगता है कि वह लड़की इसी फ़्लाइट के लिए भागकर आ रही है।" दुष्यंत ने उस लड़की की तरफ़ इशारा करते हुए अटेंडेंट से कहा।

अटेंडेंट ने बेमन से उस लड़की की तरफ़ देखा। वह जल्द से जल्द बोर्डिंग बंद करना चाहता था। "सर, हमें लेट हो रहा है और इंतज़ार करना मुश्किल होगा। आप अंदर चलिए। मैं देखता हूँ।" अटेंडेंट ने फिर से दुष्यंत से आग्रह किया।

उस अटेंडेंट के हाव-भाव से दुष्यंत को यक़ीन था कि वह इंतज़ार नहीं करने वाला था। कुछ सोचकर दुष्यंत ने धीरे से अपने बैग को हल्का-सा धक्का दिया जिससे वह बैग वहीं नीचे गिर गया। ऊपर की ज़िप खुली होने की वजह से उसमें से पेन, चार्जर, वायर और हेडफोन का बॉक्स बाहर लुढ़क आया।

"ओह, सॉरी।" कहता हुआ दुष्यंत अपना सामान समेटने लगा।

"सर, जल्दी कीजिए।" अटेंडेंट की बेरुख़ी उसकी आवाज़ में साफ़ झलक रही थी।

"बस, हो गया।" कहते हुए दुष्यंत ने सामान समेटा और दरवाज़े के अंदर घुसा। दो कदम चलकर उसने कनखियों से

देखा, वह लड़की काउंटर पर पहुँच गई थी और फ़्लाइट अटेंडेंट ने उसका बोर्डिंग पास स्कैन करने के लिए ले लिया था। ठीक उसी वक्त उस लड़की ने भी दुष्यंत की ओर देखा। एक पल के लिए उनकी नज़रें टकराईं। दुष्यंत को लगा जैसे उस लड़की ने उसकी तरफ़ देखकर मुस्कुराते हुए शुक्रिया कहने के अंदाज़ में सिर हिलाया।

वापस पलटकर मुस्कुराता हुआ दुष्यंत प्लेन के अंदर घुस गया।

———————

वह प्लेन अपनी निर्धारित दूरी तय कर अगली सुबह पेरिस के इंटरनेशनल एयरपोर्ट पर उतरा। पिछली रात को प्लेन के अंदर घुसने के बाद ही दुष्यंत आँखों पर स्लीप मास्क लगाकर सो गया था और पूरे रास्ते सोता रहा। पेरिस पहुँचकर प्लेन से उतरने के बाद सुरक्षा जाँच की औपचारिकताएँ पूरी कर वह बाहर की ओर बढ़ चला। प्लान के अनुसार यह उसकी नताशा के साथ पहली ट्रिप होने वाली थी तो उसने सब कुछ पहले से बुक किया हुआ था। एयरपोर्ट से पूरे सफ़र के लिए एक कंवर्टिबल गाड़ी भी पहले ही बुक थी। दुष्यंत ने उस गाड़ी की चाबी निर्धारित स्थान से ली और पार्किंग से बाहर निकल रोड पर आया ही था कि उसकी नज़र सामने रास्ते के किनारे खड़ी एक लड़की पर पड़ी जो वहाँ पुलिसवाले से बहस कर रही थी। पुलिसवाला उसकी बातों पर ज़्यादा ध्यान न देते हुए उसे एक तरफ़ जाने के लिए कह रहा था। पास आने पर दुष्यंत ने देखा कि वह वही लड़की थी जिसकी फ़्लाइट छूटते-छूटते बची थी।

कुछ सोचकर उसने गाड़ी उसके सामने एक तरफ़ लगा दी और उतरकर उसके पास गया।

"क्या हुआ? सब ठीक है?" पास आने पर दुष्यंत ने देखा कि उस लड़की की आँखों में आँसू झिलमिला रहे थे।

उस लड़की ने कुछ कहा नहीं और बस सुबकती रही।

"देखो, परेशान मत हो। जो भी बात है तुम मुझे बता सकती हो। शायद मैं कुछ मदद कर सकूँ।" दुष्यंत ने उसे हिम्मत देते हुए कहा।

"मैं सुबह की फ़्लाइट से इंडिया से यहाँ अकेले घूमने आई हूँ और अभी-अभी मेरे सारे पैसे चोरी हो गए। मुझे नहीं पता अब मैं क्या करूँ।" उसने सुबकते हुए कहा।

"कैसे?"

"मुझे पता ही नहीं चला। फ़्लाइट से निकलकर, मैं होटल जाने के लिए ट्रेन पकड़ने मेट्रो स्टेशन पर खड़ी थी। अचानक से उस स्टेशन पर लोगों की एक भीड़ आई और उस भीड़ की धक्का-मुक्की में किसी ने मेरा पर्स खींच लिया। जब तक मैं समझ पाती मेरा पर्स गुम हो चुका था। मैंने पुलिस वाले को भी बताने की कोशिश की, पर लगता है यहाँ भी बेईमानी भरपूर है। उसे कोई फ़र्क़ ही नहीं पड़ रहा और मुझे कहता है कि ऐसा यहाँ रोज़ होता है और मुझे सतर्क रहना चाहिए था। अब तुम ही बताओ बिना पैसों के अगला एक हफ़्ता मैं यहाँ कैसे रहूँगी? मेरे पास तो घर पर फ़ोन करने के भी पैसे नहीं हैं।" अब वह ज़ोर-ज़ोर से रो रही थी।

"देखो रोओ मत। पुलिसवाला सही कह रहा है। यहाँ पेरिस

में चोरियाँ हमारे देश से ज़्यादा हैं और हमें ही होशियार रहने की ज़रूरत है। खैर छोड़ो। एक-एक कर परेशानी से निपटते हैं। तुम्हारी बुकिंग किस होटल में है? मैं तुम्हें वहाँ छोड़ सकता हूँ। रास्ते में मेरे मोबाइल से तुम घर पर फ़ोन कर लेना।" कहते हुए दुष्यंत ने अपनी गाड़ी की ओर इशारा किया।

"होटल सनशाइन, वर्साय के पास।"

नाम सुनकर दुष्यंत एक पल को चौंका, "अजीब इत्तफ़ाक़ है, मैं भी वहीं जा रहा हूँ।"

"क्या?"

"हाँ, मैं भी सुबह इंडिया से आया हूँ और अगले एक हफ़्ते उसी होटल में रुकने वाला हूँ।" कहते हुए दुष्यंत ने गाड़ी का दरवाज़ा खोला।

"अजीब संयोग है। तुम्हें भी यह सफ़र गिफ्ट में मिला है क्या?" उस लड़की ने गाड़ी में बैठते हुए कहा।

"कैसा गिफ्ट?" दुष्यंत को उसकी बात समझ नहीं आ रही थी।

"अरे, मुझे तो यह ट्रिप एक गिफ्ट शॉप पर गिफ्ट में मिली। दुकानदार ने कहा कि यह गिफ्ट कोई उसके लिए छोड़ गया था जिसे प्यार की ज़रूरत हो। पहले मुझे लगा यह कोई मज़ाक है पर जब घर जाकर मैंने वह बॉक्स खोला तो उसमें पेरिस के होटल और घूमने की बुकिंग थी। मैंने होटल फ़ोन कर उस बुकिंग की पुष्टि की। सचमुच बुकिंग की हुई थी। बस फिर क्या था, मैंने टिकट और वीज़ा निकाला और यहाँ आ गई। पेरिस घूमने का मेरा बचपन का सपना था और अब वह पूरा होने

वाला था कि अचानक यह चोरी हो गई। समझ नहीं आ रहा था कि मैं अगले एक हफ़्ते कैसे गुज़ारूँगी! अब घर कॉल कर मैं कुछ इंतज़ाम कर लूँगी। तुम नहीं आते तो न जाने मैं क्या करती। दूसरी बार मेरी मदद करने के लिए शुक्रिया।"

"दूसरी बार कैसे?"

"वह तुम ही थे न जिसने एयरपोर्ट पर मेरे पहुँचने से पहले बोर्डिंग बंद होने से रोककर रखा? मुझे काउंटर पर फ़्लाइट अटेंडेंट ने बताया कैसे तुमने उन्हें मेरे बारे में बताया और बोर्डिंग बंद होने से रोके रखा। तुम्हारे प्लेन के अंदर जाने से पहले मैं तुम्हारी बस एक झलक देख पायी थी और प्लेन पर तुम सो रहे थे तो मैं तुम्हें परेशान नहीं करना चाहती थी। संयोग से हम फिर मिले। शुक्रिया।" कहते हुए वह मुस्कुराई।

"अरे, वह तो मुझे बस ऐसा आभास हुआ कि तुम उसी प्लेन की तरफ़ आ रही थी, इसलिए मैंने उनसे रिक्वेस्ट की। पर मुझे लगा नहीं कि वह रुकने के मूड में था तो मुझे नाटक करना पड़ा। वैसे तुम्हारा नाम क्या है?"

"अवनी, और तुम्हारा?"

"दुष्यंत।"

"तो दुष्यंत, तुम यहाँ कितने दिन के लिए आए हो? कोई और है क्या तुम्हारे साथ?"

"नहीं, मैं भी यहाँ अकेला घूमने आया हूँ। अगले एक हफ़्ते तक यहीं रुका हूँ।"

"वाह! फिर तो तुमसे मुलाक़ात होती रहेगी।" कहते हुए अवनी ने सिर पीछे कर सीट पर टिका लिया।

दुष्यंत मुस्कुराया और चुपचाप गाड़ी आगे बढ़ा दी।

"बुरा न मानो तो मैं थोड़ी देर आँखें बंद कर लूँ? प्लेन में मैं सो नहीं पायी और होटल पहुँचकर मैं सोकर वक्त नहीं गंवाना चाहती। जैसे ही पैसों का बंदोबस्त हो जाएगा, मैं घूमने निकल पड़ूँगी।"

दुष्यंत ने एक झलक पलटकर अवनी की तरफ़ देखा। उस कंवर्टिबल कार की छत खुली हुई थी और हवा के झोंकों से उसके बाल लहरा रहे थे। उसके चेहरे पर एक हल्की-सी मुस्कान थी और आँखों में एक अजीब-सी चमक।

"तुम सो जाओ। होटल पहुँचने पर उठा दूँगा।" कहते हुए दुष्यंत ने कार की छत को बंद कर दिया। जाने क्यों उसने अवनी को यह नहीं बताया कि वह उसकी ही बुकिंग थी जो अवनी को गिफ्ट में मिली थी। जिस सफ़र पर दुष्यंत ने नताशा के साथ घूमने के सपने देखे थे, उस सफ़र पर किस्मत ने अवनी को भेजा था। पिछले महीने वह यह भूल गया था कि पेरिस की बुकिंग के टिकट उसी गिफ्ट बॉक्स में थे जो उसने गिफ्ट शॉप पर छोड़ा था। रास्ते भर दुष्यंत किस्मत से हुई इस मुलाक़ात के बारे में सोचता रहा।

अगर किस्मत ने इस ट्रिप पर उसकी मुलाकात अवनी से करवाई थी तो कुछ तो बात होगी। आगे क़िस्मत में क्या लिखा था, वह यह देखना चाहता था। उसे थोड़ा अजीब-सा भी लगा कि जब से वह अवनी से मिला था उसे नताशा की कमी इतनी ज़्यादा नहीं खल रही थी। दिल में जो टीस पिछले महीने से चुभ रही थी, उसकी चुभन अब थोड़ी कम हो रही थी।

अध्याय 4

डेस्टिनेशन शादी

"बेटा, तुम कल हमारे साथ चल रहे हो न?" रात के 9 बजे थे। हर्ष अपनी फ़ैमिली के साथ डिनर टेबल पर बैठा खाना खाने में व्यस्त था, तभी उसकी माँ ने पूछा।

"कहाँ माँ?" हर्ष ने रोटी का एक निवाला मुँह में डालते हुए पूछा।

"देखा, मैंने कहा था ना यह भूल जाएगा। इस घर में यह हर बार की कहानी है, पर इस बार मैं कोई बहाना नहीं सुनना चाहती और सभी को मेरे साथ चलना होगा। अपने रिश्तेदारों के हर फ़ैमिली फंक्शन में इस फ़ैमिली से कोई न कोई ग़ायब रहता है। मैंने कभी कुछ नहीं कहा, पर कल नहीं। कल सबको जाना है बिना किसी ड्रामा के, और अगले एक हफ़्ते तक कोई वहाँ से नहीं हिलेगा।" हर्ष की माँ ने दुखी लहजे में एक-एक कर उस टेबल के इर्द-गिर्द बैठे हर्ष, उसकी छोटी बहन आयशा और उसके पापा को देखते हुए कहा और अपनी जगह से उठ गईं। वह वहाँ रुककर किसी को भी बहस करने का मौका नहीं

देना चाहती थीं।

"ये मम्मी को क्या हो गया? कहाँ जाना है और वह भी एक हफ़्ते के लिए? कोई ट्रिप प्लान किया है क्या? मुझे कोई कुछ बताएगा?" हर्ष को समझ नहीं आ रहा था कि उसने ऐसा क्या कह दिया था। बहुत सोचने पर भी उसे ऐसे किसी प्लान की याद नहीं आ रही थी।

"बेकार ही मम्मी को परेशान कर दिया तुमने। जब प्रोग्राम बन रहा होता है तब तुम्हारा ध्यान तो कहीं और होता है। फिर कहते हो मुझे किसी ने बताया नहीं।" आयशा ने चुटकी लेते हुए कहा।

आयशा हर्ष से उम्र में कुछ साल छोटी थी और अभी अपना कॉलेज ख़त्म कर रही थी। सबसे छोटी होने की वजह से वह घर में सबसे लाडली भी थी। चूँकि उन दोनों की उम्र में बहुत ज़्यादा फ़र्क़ नहीं था, इसलिए दोनों एक-दूसरे की टाँग खींचने से बाज़ नहीं आते थे।

"अच्छा बाबा, मेरी गलती हो गई पर अब बताओगी भी? मेरे पास ऑफिस में बहुत काम है, तो मैं बहुत ज़्यादा छुट्टियाँ तो नहीं ले पाऊँगा।" हर्ष किसी भी फ़ैमिली फंक्शन में जाने के मूड में नहीं होता था। उसके लिए हर फंक्शन की एक ही कहानी थी। सब एक-दूसरे के सामने हँसते-मुस्कुराते रहते और पीठ पीछे एक-दूसरे की बुराई करने से बाज़ नहीं आते। घर में बड़ा होने की वजह से हर कोई उसे घेरकर उसके भविष्य और शादी की प्लानिंग के ऊपर चर्चा छेड़कर बैठ जाता। थोड़ी देर बाद लोग उसकी कम सुनते और अपना ज्ञान उसे ज़्यादा देते।

उसके रिश्तेदारों की नज़र में हर्ष स्टार्टअप के पीछे अपना वक़्त बर्बाद कर रहा था। "अरे भाई, तुम्हारे बाप का बसा-बसाया बिज़नेस है उसमें हाथ बंटाओ और जल्दी से शादी कर अपने माँ-बाप को भी पोते-पोतियों का सुख दो। अब देर करके क्या फायदा?" हर कोई उसे यही सलाह देता रहता। इस बात से हर्ष को बेहद चिढ़ होती पर बड़े-बुज़ुर्ग रिश्तेदारों के सामने वह उठकर जा भी नहीं पाता और उसे वहीं बैठकर उनकी बातें सुनते रहना पड़ता। यह उसे बिल्कुल पसंद नहीं आता था और इसलिए वह हरसंभव कोशिश करता कि ऐसे किसी भी फ़ैमिली फंक्शन में उसे न जाना पड़े।

"अब यह अपनी माँ को समझाना। पर इस बार वे सुनने वाली नहीं हैं। तुम्हारे मामा की लड़की राधा की सगाई, मेहंदी और फेरे सब अगले एक हफ़्ते में हैं। वह क्या कहते हो तुम लोग, हाँ डेस्टिनेशन वेडिंग! तो भाई सब कुछ गोवा के एक रिसॉर्ट में होने वाला है। और अगर हम सभी नहीं गए तो इस घर में भूकंप आ जाएगा। तो चुपचाप कल सुबह सब तैयार हो जाना। सबकी टिकट बुक हो चुकी हैं।" कहते हुए हर्ष के पापा भी अपनी जगह से उठकर उसकी माँ के पीछे चल दिए।

"अरे यार, ये मुझे कहाँ घसीट रहे हैं।" हर्ष ने झुंझलाते हुए कहा। पर उसे पता था कि उसके पास कोई और रास्ता नहीं था और उसे अगले एक हफ़्ते के लिए काम बंद करके फ़ैमिली के साथ जाना ही होगा।

चूँकि दुष्यंत भी वहाँ नहीं था तो हर्ष के लिए ज़्यादा परेशानी नहीं थी। "एक हफ़्ते गोवा से ही काम कर लूँगा और

इसी बहाने थोड़ा ब्रेक भी हो जाएगा।" उसने मन ही मन ख़ुद को समझाया।

अगले दिन अपनी फ़ैमिली के साथ हर्ष फ्लाइट से दिल्ली से गोवा पहुँचा। वहाँ उसके ढेर सारे रिश्तेदार और उनके दोस्त भी जमा हो रहे थे।

जिस जगह पर उनके ठहरने और शादी के आयोजन की तैयारी की गई थी, वह गोवा में समंदर किनारे बनी एक हेरिटेज हवेली थी जिसे अब एक लक्ज़री रिसॉर्ट में तब्दील कर दिया गया था। समंदर की सौंधी हवा वहाँ खिले फूलों की ख़ुशबू में मिलकर वहाँ के वातावरण में एक अलग ही सुगंध बिखेर रही थी। उस संपत्ति के मालिक ने भले ही उस हवेली को अत्याधुनिक सुख-सुविधाओं से लैस एक लक्ज़री रिसॉर्ट में तब्दील कर दिया था, पर उसने उसके मूल रूप को फिर भी बरकरार रखा था। उस हवेली की ऊँची छतें, चौड़े बरामदे, पत्थर की पुरानी दीवारें और लकड़ी का बना प्राचीन फर्नीचर जैसे आज भी कई पीढ़ियों की कहानियाँ बयां कर रहे थे। वहाँ कदम रखते ही ऐसा प्रतीत हो रहा था जैसे वहाँ के हर कोने में कोई इतिहास छिपा हो।

पूरी जगह को फूलों से सजाया गया था। हर तरफ़ हँसी-मज़ाक़ का माहौल था और सभी बहुत ख़ुश लग रहे थे। हर्ष भी काफ़ी दिनों के बाद अपने इतने सारे रिश्तेदारों से मिल रहा था, तो उनके साथ वक्त बिताकर पुरानी यादें ताज़ा करने लगा। दिन भर शराब का दौर चलता रहा और सभी मदमस्त झूम रहे थे। शाम होने तक धीरे-धीरे पूरा रिसॉर्ट मेहमानों से

भर गया। अब तक हर्ष सबसे मिल चुका था और अब उसे उस भीड़ में थोड़ी बोरियत होने लगी थी।

"सुन, मैं बहुत बोर हो रहा हूँ। तो थोड़ी देर के लिए छत पर जा रहा हूँ। मम्मी ढूँढेगी तो उसे बोल मत देना। समझी?" हर्ष ने आयशा के कान में बुदबुदाते हुए कहा।

"सच-सच कहो न कि सिगरेट पीने छत पर जा रहे हो और मम्मी को नहीं बताना है। पर मुझसे झूठ तो बोला ही नहीं जाता है।" आयशा ने वापस उसकी टाँग खींचते हुए कहा।

"तो मेरे वापस आने पर यह जो तूने चेहरे पर मेकअप का लेप लगाया है, उसका ऐसा हश्र करूँगा कि पूरी पार्टी में सब बस तुझे ही देख रहे होंगे। सोच लेना।" हर्ष ने आयशा का कान उमेठते हुए कहा और छत की ओर बढ़ चला।

"आने दो मम्मी को। सब बताती हूँ।" गुस्से में खीझती आयशा वहीं खड़ी रही।

दस मिनट के बाद हर्ष उस रिसॉर्ट की छत पर खड़ा, सिगरेट के कश लगाता हुआ नीचे चल रहे हँसी-ख़ुशी के माहौल को देख रहा था। उसने एक आह भरी। वक्त कितनी तेज़ी से भागता जा रहा था। जब उसने स्टार्टअप चालू किया था तो उसे लगा था कि कुछ ही महीनों में उन्हें निवेशक मिल जाएगा और वे कंपनी को अगले आयाम पर ले जा पाएंगे। पर कई साल गुज़र गए और वे अभी भी कोई बड़ा निवेशक नहीं ढूंढ पाए थे। पिछले कुछ महीनों से उसके घरवाले भी उसे लड़की पसंद करने के लिए ज़ोर दे रहे थे।

"कुछ काम वक्त पर हो जाएं तो ठीक रहता है। तुम्हारी

उम्र हो गई है। अब जल्दी फैसला लो कि लड़की तुम ख़ुद पसंद करोगे या हम ढूंढें।" उसकी माँ बीच-बीच में उसे टोकती रहती थीं।

हर्ष एक अच्छे खाते-पीते घर से था। उसके पिताजी का कंस्ट्रक्शन का पुश्तैनी काम था और वे चाहते थे कि हर्ष उसमें उनका हाथ बंटाए। पर हर्ष अपने दम पर कुछ हासिल करना चाहता था और इसलिए घरवालों के दबाव के बावजूद दुष्यंत के साथ मिलकर अपने स्टार्टअप को बढ़ाने की कोशिश कर रहा था। पर उसे पता था कि अब वक्त बहुत तेज़ी से भाग रहा था और अगर वह जल्द ही उस बिज़नेस में कामयाब नहीं हुआ तो उसे घरवालों की बात मानकर घर के धंधे से ही जुड़ना होगा।

छत पर हर्ष अपने खयालों में खोया हुआ था और धीरे-धीरे बाहर अँधेरा बढ़ता जा रहा था। नाच-गाने का प्रोग्राम किसी भी वक्त चालू होने वाला था। उसे मालूम था कि उसे जल्द ही नीचे जाना होगा।

"एक्सक्यूज़ मी। आपके पास माचिस है क्या?" पीछे से एक लड़की की आवाज़ आई।

उस आवाज़ ने हर्ष को उसके खयालों से झकझोर कर बाहर निकाला। उसे इस तरह अचानक आई आवाज से थोड़ी झुंझलाहट भी हुई। वह वहाँ छत पर अकेले खड़े रहकर, भीड़ से दूर सिगरेट का आनंद लेना चाहता था पर अभी कोई और भी था जो वहाँ छत पर उसके साथ मौजूद था। वह लड़की अब तक आगे आकर हर्ष के लगभग बाजू में खड़ी थी। हर्ष ने

उसकी तरफ़ ध्यान न देते हुए चुपचाप अपने कोट की पॉकेट से माचिस निकाली, जलाई और उसकी तरफ़ बढ़ाई। उस जलती माचिस से उस लड़की ने अपने होठों में दबाई सिगरेट जलाई और पलटने ही वाली थी कि उस माचिस की रोशनी में हर्ष की नज़र उस लड़की के चेहरे पर पड़ी।

"नताशा।"

अपना नाम सुनकर एक पल के लिए नताशा चौंक उठी। उसने गौर से सामने खड़े हर्ष की ओर देखा जैसे उस अँधेरे में उसे पहचानने की कोशिश कर रही हो।

"हर्ष।"

"हाँ, तुम यहाँ कैसे?" दोनों को ही वहाँ होना बहुत असहज-सा लग रहा था। पर जलती सिगरेट के साथ नताशा वहाँ से मुँह फेरकर नहीं जा सकती थी और हर्ष के लिए बिना कुछ कहे चले जाना कुछ अजीब-सा होता। इसलिए उसने औपचारिकता में पूछा। उसे नताशा का दुष्यंत को बिना कुछ कहे ब्लॉक कर देना अब याद आ रहा था। नताशा की वजह से दुष्यंत की जो हालत हुई थी उससे उनके काम में भी काफ़ी तकलीफ़ आई थी। दुष्यंत के बारे में सोचकर अब हर्ष को थोड़ा गुस्सा भी आ रहा था।

"गिलानी अंकल की बेटी राधा, जिसकी आज सगाई है, वह मेरे साथ कॉलेज में पढ़ती है और मैं उसी के न्योते पर आई हूँ। और तुम?"

"तुम्हारे गिलानी अंकल मेरे मामा हैं और राधा मेरी ममेरी बहन।" हर्ष को अब समझ नहीं आ रहा था कि आगे क्या बात

करे।

नताशा भी वहाँ खड़ी चुपचाप सिगरेट के कश लगाती रही। एक-दो कश के बाद उसने सिगरेट हर्ष की तरफ़ बढ़ाई, "तुम्हें चाहिए?"

संयोग से हर्ष की आख़िरी सिगरेट थोड़ी देर पहले खत्म हो गई थी और वह नीचे जाकर और सिगरेट लाने का सोच ही रहा था। उसने कुछ कहे बिना चुपचाप वह सिगरेट ले ली और एक-दो कश लगाए।

"दुष्यंत के साथ जो हुआ उसके लिए मुझे सचमुच बहुत दुख है हर्ष। मेरा वैसा कुछ करने का बिल्कुल इरादा नहीं था। पर मेरे पास कोई और रास्ता भी नहीं बचा था।" नताशा ने जैसे हर्ष के मन की बात भाँपते हुए कहा।

"तुम ऐसा कैसे कह सकती हो नताशा? तुम्हें एहसास भी है कि उस बेचारे के साथ क्या हुआ? तुम इस तरह उसके साथ कैसे खेल सकती हो? बेचारे ने तुम्हारे लिए इतना कुछ प्लान किया। बदले में तुमने उसे बस एक रद्दी काग़ज़ के टुकड़े की तरह फेंक दिया और उसे अपनी जिंदगी से ब्लॉक कर दिया। तुम्हें मालूम भी है, पिछले छह महीनों में उसने तुम्हारे अलावा कोई और बात ही नहीं की। फिर तुम ऐसा कैसे कर सकती हो?" हर्ष गुस्से में बोले जा रहा था और नताशा बिना कुछ बोले चुपचाप वहाँ खड़ी उसकी बात सुन रही थी।

थोड़ी देर में हर्ष को एहसास हुआ कि उसका इस तरह बर्ताव करने के लिए शायद वह जगह और माहौल सही नहीं था। "सॉरी, मैंने शायद कुछ ज़्यादा ही बोल दिया।"

"तुम्हारा गुस्सा जायज़ है, पर एक बार इसको मेरी नज़र से भी सोचकर देखो। क्या मैं सचमुच ग़लत हूँ?" नताशा ने आह भरते हुए कहा।

"मैं समझा नहीं।"

"छह महीने। मैं दुष्यंत से सिर्फ़ छह महीने पहले मिली हूँ। इतने दिनों में तो आपकी ट्यूनिंग आपके दर्जी से भी नहीं बैठती तो जीवनसाथी के साथ कैसे बैठा लेती? ऊपर से मैंने अभी-अभी कॉलेज ख़त्म किया है, जिंदगी को लेकर मेरे भी कुछ सपने हैं जिसके लिए मुझे बहुत मेहनत करनी है। जहाँ तक मुझे पता है, दुष्यंत और तुम भी अपने स्टार्टअप में अभी जूझ रहे हो। ऐसे में हमारा फोकस अपने काम पर होना चाहिए, न कि जीवनसाथी ढूँढने पर। ऐसा मैं सोचती हूँ। पर मुझे यह भी पता है कि दुष्यंत एक बेहद रोमांटिक क़िस्म का इंसान है और जब उसने मुझे प्रपोज़ किया तो मोहलत मांगने के अलावा मेरे पास कोई रास्ता नहीं बचा था। मैंने बाद में बहुत सोचा पर मुझे पता था कि मैं उसे जितना समझाने की कोशिश करूँगी वह उतना और परेशान होगा, तो उसे परेशान न करूँ इसके लिए उसे ब्लॉक करने के अलावा मेरे पास कोई और रास्ता नहीं था। अब तुम ही बोलो, क्या मैं ग़लत हूँ?"

नताशा की बात सुनकर एक पल के लिए हर्ष अवाक रह गया। उसे सूझा ही नहीं कि क्या जवाब दे। वह दुष्यंत के व्यवहार से परिचित था। दुष्यंत तुरंत भावुक हो जाने वाले लोगों में से था और एक बार भावुक हो जाने पर उसके लिए सही-ग़लत में अंतर ही नहीं रहता था। हर्ष जितना सोचता, उसे

उतना ही एहसास हो रहा था कि शायद नताशा अपनी जगह सही थी। अगर वह भी उसकी जगह होता तो शायद वैसा ही करता। "चलो नीचे चलें। प्रोग्राम चालू होने वाला होगा।" जब उसे कुछ और नहीं सूझा तो उसने कहा।

"हाँ।" कहती हुई नताशा नीचे की तरफ़ जाने वाली सीढ़ियों की तरफ़ मुड़ी।

दोनों चुपचाप सीढ़ियों से नीचे उतरे।

"सुनो। क्या तुम भी हफ़्ते भर यहाँ रुकने वाली हो?" हर्ष ने पूछा।

"हाँ।"

"कल शाम को हमने एक छोटा-सा प्रोग्राम रखा है राधा और उसके खास लोगों के लिए। तो तुम अगर बिज़ी नहीं हो तो ज़रूर आना।" हर्ष को नहीं समझ आ रहा था कि उसने नताशा को उस प्रोग्राम के लिए क्यों आमंत्रित किया। कल तक नताशा सिर्फ़ उसके दोस्त की एक्स-गर्लफ्रेंड थी पर कहीं न कहीं उसे आज सामने खड़ी नताशा कुछ अलग लग रही थी और उसे उसकी तरफ़ एक आकर्षण-सा महसूस हो रहा था।

"ज़रूर। कल मिलते हैं।" कहती हुई नताशा मुस्कुराई और राधा के पास खड़े अपने बाक़ी दोस्तों की तरफ़ बढ़ चली।

अध्याय 5

पेरिस

पेरिस में होटल पहुँचकर दुष्यंत और अवनी ने चेक-इन किया और अपने-अपने कमरों में जाकर सो गए। दुष्यंत ने पहले ही नताशा के लिए अलग कमरा बुक किया था। हर्ष ने बुकिंग के वक्त इसके लिए उसे चिढ़ाया भी था। "जब तुम दोनों एक साथ होने वाले हो तो दो कमरों का क्या करोगे? फ़िज़ूल-खर्ची मत कर।"

दुष्यंत ने उस वक्त हँसकर टाल दिया था। "यार, मुझे नहीं पता नताशा एक ही कमरे में रुकना पसंद करेगी या नहीं। मैं उसे किसी तरह से असहज महसूस नहीं होने देना चाहता। इसलिए अलग कमरे बुक कर रहा हूँ।" उसने जवाब दिया था। आज उस दूसरे कमरे में नताशा की जगह अवनी रुक रही थी।

होटल की तरफ़ जाते वक्त, रास्ते में, अवनी ने अपने घरवालों को फ़ोन पर उसके साथ हुए हादसे और दुष्यंत के बारे में बताया। उसके घरवालों ने दुष्यंत के खाते में पैसे जमा कराए जिन्हें दुष्यंत ने एटीएम मशीन से निकालकर अवनी को सौंप

दिया।

उस दिन दोनों इतना थक गए थे कि होटल पहुँचकर दोनों में बाहर जाने की हिम्मत नहीं थी। वे सीधे अपने कमरे में जाकर सो गए।

"हाय।" अगले दिन सुबह दुष्यंत होटल की लॉबी में बैठा टूर गाइड का इंतज़ार कर रहा था जब पीछे से अवनी की आवाज़ आई।

"हाय।" दुष्यंत ने पलटकर मुस्कुराते हुए जवाब दिया।

"मेरा अंदाज़ा है तुम भी यहाँ टूर गाइड का इंतज़ार कर रहे हो? सही या ग़लत?" अवनी ने दुष्यंत के बगल वाली सीट पर बैठते हुए पूछा।

"सही। वह अभी तक आया नहीं है। मेरे आगे घूमने के सारे टिकट उसके पास हैं।"

"लगता है तुमने भी वहीं से टूर बुक किया है जहाँ से मेरे गुमनाम आशिक़ ने किया है।" अवनी ने दुष्यंत की तरफ़ पलटकर आँख मारते हुए कहा।

"गुमनाम आशिक़ ने? क्या मतलब, मैं समझा नहीं?" दुष्यंत ने अवनी को अभी तक सच्चाई नहीं बताई थी और उसकी बात सुनकर थोड़ा-सा चौंका।

"अरे यार, मैंने तुम्हें कल बताया था ना कि यह ट्रिप मुझे गिफ्ट शॉप पर गिफ्ट में मिली। अब ऐसा किसी को बोलो तो अटपटा-सा लगता है। कोई मानेगा नहीं कि वैलेंटाइन डे के आस-पास मुझे ऐसे ही यह ट्रिप गिफ्ट में मिल गई। मेरे दोस्त यह कभी नहीं मानते और हज़ार सवाल करते। तो मैंने सबको

यही बताया कि मेरे किसी गुमनाम आशिक़ ने वैलेंटाइंस डे पर यह ट्रिप मुझे गिफ्ट में दी है। अब सबकी जल रही थी, ख़ास करके इसलिए कि मेरी नज़र में वैलेंटाइंस डे एक बेहद ही बेवक़ूफ़ी भरा दिन है। अब तुम ही बताओ, प्यार का एक दिन हो सकता है क्या?" कहते हुए वह दुष्यंत की तरफ़ मुड़कर बैठ गई।

अवनी अपनी तरफ़ से एकतरफ़ा बोले जा रही थी पर वैलेंटाइंस डे का नाम सुनकर दुष्यंत जैसे कहीं खो-सा गया। उसे फिर से नताशा की याद आने लगी थी और जो हुआ था वह याद करके उसके दिल में एक टीस-सी उठी।

"कहाँ खो गए?" दुष्यंत से कोई जवाब न आता देख अवनी ने वापस पूछा।

उसकी आवाज़ ने जैसे दुष्यंत को नींद से जगाया। "हाँ।" दुष्यंत ने उसकी बात ठीक से सुनी ही नहीं थी। उसे समझ नहीं आया कि क्या जवाब दे।

"तुमने मेरी बात सुनी भी या नहीं? तबीयत ठीक है?" कहते हुए अवनी ने अपनी हथेली दुष्यंत के माथे पर लगाई। "बुख़ार तो नहीं है?"

"मैं ठीक हूँ। सॉरी मैं कुछ सोच रहा था। क्या कह रही थी तुम?" दुष्यंत ने सामान्य दिखने की कोशिश करते हुए कहा। वह अपने दिल का दर्द अपनी आँखों में नहीं दिखने देना चाहता था।

इससे पहले कि अवनी कुछ कह पाती सामने से टूर मैनेजर आता हुआ दिखा।

“वह देखो, टूर गाइड।” दुष्यंत ने हाथ उसकी तरफ़ हिलाते हुए कहा।

अगले एक घंटे में गाइड ने उन्हें एक-एक करके घूमने की सारी प्लानिंग समझाकर उनके टिकट थमा दिए।

“चलो बढ़िया। शाम को मिलते हैं फिर। कल घर से पैसे भी आ गए हैं। तो अब और लेट होकर यह दिन नहीं बर्बाद करना चाहूँगी। इस गाइड की वजह से पहले ही लेट हो गई हूँ।” अवनी निकलने की हड़बड़ी में थी।

“सुनो।” दुष्यंत ने उसे आवाज़ लगाई। वह कुछ सोचकर अवनी की टूर मैनेजर से मीटिंग खत्म होने का इंतज़ार कर रहा था।

“हाँ।” अवनी ने टिकट अपने बैग में रखते हुए जवाब दिया।

“मैंने गाइड से तुम्हारी ट्रिप के बारे में सुना। मेरी ट्रिप का प्लान भी लगभग तुम्हारे जैसा ही है।” दुष्यंत ने रुककर अवनी की आँखों में देखा। वह उसकी बात के ख़त्म होने का इंतज़ार कर रही थी। दुष्यंत आगे बोला, “तो अगर तुम चाहो तो हम साथ में घूमने जा सकते हैं। जिस गाड़ी से कल हम होटल आए, मैंने वह पूरे ट्रिप के लिए बुक कर रखी है। तो तुम्हें भी पब्लिक ट्रांसपोर्ट में वक्त बर्बाद नहीं करना पड़ेगा और यहाँ के चोर-उचक्कों से भी सुरक्षा रहेगी।”

दुष्यंत की बात सुनकर अवनी एक पल को रुकी जैसे कुछ सोच रही हो।

“तुम्हारी बात तो सही है और मुझे तुम्हारे साथ चलकर

ख़ुशी होगी पर मैं तुम्हें और परेशान नहीं करना चाहूँगी।"

"इसमें परेशानी की क्या बात है? गाड़ी में 2 सीट हैं और मैं अकेला। तुम साथ होगी तो हँसते-बोलते सफ़र कट जाएगा। बाक़ी की तुम्हारी बुकिंग तो है ही।"

"वह तो है। पर मैं एक शर्त पर तुम्हारे साथ चलूँगी।"

"कैसी शर्त?" दुष्यंत चौंका।

"अगर तुम गाड़ी के खर्चे की आधी रकम इंडिया जाकर मेरे से लेने का वादा करो। मैं तभी तुम्हारे साथ चलूँगी। मैं तुम पर और बोझ नहीं बनना चाहती।"

"ओके।" दुष्यंत ने मुस्कुराते हुए कहा। वह किसी भी सूरत में अवनी के साथ जाना चाहता था। किस्मत ने अवनी को नताशा की जगह इस ट्रिप पर भेजा था और दुष्यंत देखना चाहता था कि आगे क़िस्मत में क्या लिखा था।

थोड़ी देर बाद दोनों गाड़ी में सवार होकर अपने पहले स्टॉप की तरफ़ बढ़ चले। रास्ते भर अवनी बिना रुके दुष्यंत को अपने बारे में बताए जा रही थी। दुष्यंत बीच-बीच में हाँ-हूँ कर जवाब दे देता। वह उस वक्त अवनी को कैसे बताता कि उसे अवनी के साथ की कितनी ज़रूरत महसूस हो रही थी। हिम्मत करके वह सफ़र पर आ तो गया था पर हर अकेला पल उसे नताशा की यादों में वापस धकेल रहा था। पिछली रात वह नताशा को याद कर देर रात तक सो नहीं पाया था। अब बाक़ी के बचे हुए दिन उस गाड़ी में अकेले बैठकर वह नताशा की याद में ख़ुद को और दर्द नहीं दे सकता था। शायद इसलिए किस्मत ने अवनी को वहाँ भेजा था।

अगले 4-5 दिन कैसे गुज़र गए उन्हें पता ही नहीं चला। सुबह तैयार होकर दोनों जल्दी निकल जाते और दिन भर घूमने के बाद देर रात को ही वापस लौटते। वहाँ उन्होंने न सिर्फ़ रात की रोशनी में नहाए वहाँ की सुप्रसिद्ध ऐतिहासिक धरोहर आइफ़िल टावर को देखा बल्कि उसकी ऊपरी मंजिल से जगमगाते शहर के अद्भुत नज़ारे का भी लुत्फ़ उठाया। अपने प्लान के मुताबिक उन्होंने पेरिस में मौजूद कई तरह के भव्य पैलेस में घूमने के साथ विभिन्न विश्व प्रसिद्ध संग्रहालयों में कला और इतिहास का आनंद लिया। दिन भर शहर के विभिन्न आकर्षणों को देखने के बाद वे शाम को किसी न किसी सुंदर-से पार्क में जाकर वहाँ की सुंदरता को निहारते और फिर सूरज ढलने पर शहर के बीचों-बीच बहने वाली सीन नदी के तट पर जाकर बैठ जाते। उस नदी के पानी पर चमकने वाली सूर्यास्त की सुनहरी किरणें आसपास के पूरे इलाके को एक जादुई आभा दे जातीं।

अवनी एक ज़िंदादिल, ख़ुश-मिज़ाज लड़की थी और वह पूरे सफ़र में एकतरफ़ा बातें करती रहती थी। हर बीतते पल के साथ दुष्यंत को उसकी तरफ़ एक अजीब-सा आकर्षण महसूस होने लगा था। पर वह अभी भी नताशा की यादों से पूरी तरह उबर नहीं पाया था और अब वह कोई भी अगला कदम जल्दबाज़ी में नहीं लेना चाहता था। ऊपर से उसे अवनी की जिंदगी के बारे में अभी तक बहुत कुछ ठीक से मालूम भी नहीं था।

“यार, बस दो ही दिन बचे हैं। पता ही नहीं चला कि वक्त

कैसे गुज़र गया। यह जगह इतनी खूबसूरत है कि चार दिन क्या, चार महीने भी शायद कम पड़ जाएं इस ख़ूबसूरती का आनंद लेने के लिए। जब आपको कोई जगह घूमने में मज़ा आ रहा हो, तो वक्त कैसे बीत जाता है पता ही नहीं चलता। पर कोई बात नहीं, जितना भी वक्त मिला वह एक हसीन यादगार बनकर हर वक्त मेरे साथ रहेगा। तुम्हारा मिलना तो जैसे सोने पे सुहागा निकला। कभी-कभी क़िस्मत क्या खेल खेलती है वह हम इंसान समझ भी नहीं पाते। सोचो तो, हमारा मिलना वैसे ही किसी किस्मत के खेल जैसा लगता है।" रोज़ की तरह दुष्यंत और अवनी पूरे दिन घूमकर शाम को होटल के रेस्टोरेंट में बैठकर डिनर के बाद वाइन पी रहे थे जब अवनी ने अपनी ज़ुल्फ़ों में उँगली फेरते हुए कहा।

दुष्यंत सिर्फ़ मुस्कुराया। कुछ तो बात थी अवनी में जो इतने कम दिनों में उसको प्रभावित कर गई थी। उसे यूँ अपनी ज़ुल्फ़ों से खेलते हुए देखकर उसका दिल मचल रहा था।

"अच्छा अब मैं चलती हूँ। बहुत नींद आ रही है। कल सुबह नाश्ते पर मिलते हैं। गुड नाइट।" कहती हुई अवनी उठी और जाने के लिए बढ़ी। दुष्यंत अपनी जगह पर ही बैठा हुआ था। "तुम नहीं जा रहे हो सोने?" अवनी ने वापस पलटकर पूछा।

"थोड़ी देर मैं अभी और यहीं बैठूँगा। तुम सो जाओ। कल मिलता हूँ।" दुष्यंत को थोड़ी चढ़ गई थी। नशे के साथ पुरानी यादें और नई मिली खुशियाँ—दोनों का उसके दिमाग़ में जैसे खिचड़ी-सा पक गया था। वह थोड़ी देर और वहीं बैठकर वहाँ

बज रहे संगीत का लुत्फ़ लेना चाहता था। वह कैसे अवनी से कहता कि कमरे में जाते ही वहाँ का अकेलापन उसे वापस पुरानी यादों की खोखली इमारत में धकेल देता था और वह वहाँ जाना नहीं चाहता था। यहाँ बज रहे संगीत में उसे सुकून मिल रहा था और वह अवनी को देखकर न जाने क्यों ख़ुश था। वह उस वक्त उसे वहाँ रोकना चाहता था पर उसे मालूम था कि ऐसा करना कुछ अजीब-सा होता। किसी तरह उसने ख़ुद को रोक लिया।

"ओके। पर सुबह वक्त पर उठ जाना। कल लेट नहीं हो सकते। हमें थोड़ी दूर जाना है पर उस जगह के बारे में मैंने जितना सुना है वह किसी जन्नत-सा जान पड़ता है। निकलने में देर हो गई तो वहाँ पहुँचते-पहुँचते दिन चढ़ जाएगा। तब तक रोशनी कम हो जाएगी और फिर वह मनोरम दृश्य शायद वैसा न दिखे जैसा कि वह है।" कहती हुई अवनी दरवाज़े की तरफ़ बढ़ चली।

दुष्यंत सिर्फ़ उसे जाता हुआ देखता रहा। फिर ख़ुद को समेटकर वहाँ बज रहे संगीत में खो गया। उस संगीत से उसे अजीब-सा सुकून मिल रहा था। किसी तरह देर रात में बार बंद होने के वक्त वह अपने कमरे में जाकर सो गया।

अगले दिन सुबह दोनों निर्धारित समय पर होटल की लॉबी में पहुँचे।

"मुझे तो आज की ट्रिप के बारे में सोचकर अजीब-सा रोमांच महसूस हो रहा है। बहुत कुछ सुना और पढ़ा है इस जगह के बारे में। आज देखने को मिलेगा। कहते हैं एक

अजीब-सी ख़ूबसूरती है इस जगह में जहाँ हम अभी जा रहे हैं। वर्साय के बगीचे को देखकर तो किसी का भी दिल मचल उठेगा।" कहती हुई अवनी कार की सीट पर बैठ गई और सीट बेल्ट बांध ली।

"चलो, देखते हैं तुम्हारे इस सपनों से सुंदर बगीचे को कैसे सजाया गया है।" मुस्कुराते हुए दुष्यंत ने गाड़ी आगे बढ़ाई।

कुछ घंटों के बाद दोनों वर्साय के बगीचे में पत्थर की बनी एक बेंच पर बैठे सामने का मनमोहक नज़ारा देख रहे थे। चारों तरफ़ पत्तों की हल्की सरसराहट और फ़व्वारों की दूर से आती आवाज़ गूँज रही थी। उनके सामने सजे-संवरे लॉन, रंग-बिरंगे फूल, तराशे हुए पेड़ों की झाड़ियाँ और चमचमाती मूर्तियाँ दूर तक फैली थीं।

अजीब इत्तफ़ाक़ था या शायद वह उस जगह की मंत्रमुग्ध कर देने वाली ख़ूबसूरती का कमाल था कि दोनों के मन में अपने-अपने अधूरे प्यार की कसक वापस जाग उठी।

"कैसी अजीब-सी चीज़ है न यह क़िस्मत भी। हम सोचते कुछ हैं और होता कुछ और है।" अवनी ने एक आह भरते हुए कहा। उसकी नज़र दूर छोर पर टिकी थी।

दुष्यंत ख़ुद में खोया बगल में बैठा था पर उसने कुछ कहा नहीं।

उसके जवाब का इंतज़ार किए बिना अवनी ने बोलना चालू रखा जैसे वह ख़ुद से बात कर रही हो। "जानते हो, पता नहीं क्यों पर मुझे बचपन से ही पेरिस से एक अजीब-सा लगाव रहा है। शायद पहली दफ़ा मैंने यहाँ की ख़ूबसूरती किसी

अंग्रेज़ी फ़िल्म में देखी थी। बस तब से मेरा एक ही सपना रहा है कि अगर मैं किसी दिन प्यार में पड़ गई तो अपने प्यार का इज़हार यहीं आकर करूँगी। कैसा रोमांटिक होता न अगर मेरा बॉयफ्रेंड इस गार्डन के बीच में खड़े होकर मुझे प्रपोज़ करता। मुझे नहीं लगता कि दुनिया में कोई भी लड़की होगी जो ऐसी जगह पर किए गए प्रपोजल को ठुकरा पाएगी। खैर, अब हर किसी के ख़्वाब पूरे हों यह ज़रूरी तो नहीं। मेरी भी अधूरी रह गई पर मुझे इस बात की ख़ुशी है कि मैंने यह जगह तुम्हारे जैसे अच्छे इंसान के साथ देखी।" कहने को तो अवनी ने कह दिया पर कहीं न कहीं उसे भी दुष्यंत की तरफ़ एक रुझान-सा महसूस हो रहा था। "पर मैं अभी भी इसके बारे में कुछ नहीं जानती। क्या पता शायद इसकी कोई गर्लफ्रेंड हो।" उसने ख़ुद को समझाते हुए मन ही मन में सोचा।

उधर दुष्यंत की हालत ऐसी थी कि काटो तो ख़ून नहीं। उस जगह के बारे में कुछ तो बात थी जो उसे सुबह से परेशान कर रही थी। अपनी मुस्कुराहट के पीछे उसने अपने अंदर के उबाल को अब तक छिपा कर रखा था पर अवनी की बात सुनकर उसके तो जैसे होश ही उड़ गए। "मैं उसे ट्रिप ख़त्म होने से एक दिन पहले प्रपोज़ करूँगा, वर्साय के गार्डन में।" उसे हर्ष के साथ बनाए अपने प्लान याद आ रहे थे।

"अरे, पर तुम तो उसे यहाँ इंडिया में पहले ही प्रपोज़ कर चुके होगे। उसके बाद ही तुम दोनों घूमने जाने वाले हो ना! लगता है तुम्हें चढ़ गई है।" हर्ष ने उस रात दारू की बोतल की तरफ़ इशारा करते हुए कहा था।

“तुझे उस जगह की ख़ूबसूरती का एहसास नहीं है। वह वहाँ के राजा और रानी के रहने की जगह है। सदियों की मेहनत लगी है उसे अपने वर्तमान रूप में लाने में। उसकी ख़ूबसूरती देखकर किसी का भी जी चाहेगा कि वक्त थम जाए और वह अपनी प्रेमिका का हाथ थामे उस ख़ूबसूरती को निहारता रहे। अब तुम ही बताओ ऐसी नायाब जगह पर मैं अपने दिल की रानी को वापस दोबारा प्रपोज़ न करूँ, ऐसा कैसे हो सकता है?” उसने आख़िरी घूँट चढ़ाते हुए कहा था। आज उसकी ख़ुद की कही बात उसके मन को कचोट रही थी। अगर हो सकता तो वह यहाँ आता ही नहीं। पर अवनी के उत्साह को देखकर वह मना नहीं कर पाया।

“क्या बात है? मैं सुबह से देख रही हूँ, तुम कुछ परेशान लग रहे हो। सब ठीक है न?” अवनी की आवाज से दुष्यंत का ध्यान टूटा।

“हाँ, सब ठीक है।”

“क्या ख़ाक ठीक है। तुमने अपनी शक्ल देखी है? सुबह से ऐसी रोनी सूरत बना रखी है जैसे यह तुम्हारे पूर्वजों का साम्राज्य हो जो तुमसे छीन लिया गया हो। अगर आप इज़ाज़त दें जहाँपनाह तो हम अभी जंग का ऐलान कर साम्राज्य पर वापस कब्ज़ा कर सकते हैं।” अवनी ने नौटंकी के अंदाज़ में दुष्यंत के सामने खड़े होते हुए कहा।

उसकी हरकत देखकर दुष्यंत के चेहरे पर सचमुच की हँसी आ गई। “काश कि ऐसा होता। इतनी खूबसूरत जगह को देख नज़रें हटाने का मन ही नहीं करता।” उसने झूठ बोला।

उसे देख अवनी मुस्कुराई और वापस उसके बाज़ू में बैठकर उसके कंधे पर हाथ रख बोली, "सुनो, तुम्हें झूठ बोलना नहीं आता है तो कोशिश मत किया करो। तुरंत पकड़े जाओगे। खैर मैं ज़िद नहीं करूँगी पर अगर कोई बात परेशान कर रही हो न तो उसे बता देने से मन हल्का हो जाता है। इसलिए अगर तुम कोई बात अपने मन से निकालकर अपना मन हल्का करना चाहते हो तो मुझसे कह सकते हो।"

दुष्यंत एक पल को उसकी तरफ़ पलटा। उसका मन कर रहा था कि उस वक्त उसे अपने दिल की बात बता दे। उसे मालूम था कि कह देने से उसका मन हल्का हो जाता। पर ऐसा करके वह अवनी का दिन ख़राब नहीं करना चाहता था। "कितनी ख़ुश है वह उस जगह को देखकर।" वह सोचता रहा और फिर बोला, "आज नहीं। किसी और दिन। आज इस जगह को जीते हैं। तो उठो और चलो सेनापति, ज़रा चलकर हमारे साम्राज्य का मुआइना कर आया जाए।" कहते हुए वह अपनी जगह से उठा और अवनी की तरफ़ अपना हाथ बढ़ाया।

अवनी ने मुस्कुराते हुए उसका हाथ पकड़ा और अपनी जगह उठ खड़ी हुई।

दोनों को कुछ तो महसूस हो रहा था, पर क्या... यह वे अब भी नहीं समझ पा रहे थे।

अध्याय 6

गोवा

"भाई, नताशा अच्छी लड़की है। बेहद ख़ुश-मिज़ाज और सुलझी हुई। मैं उसे कॉलेज के पहले दिन से जानती हूँ। हमारी उम्र के मैं कम ही लोगों को जानती हूँ जो इतने दूरदर्शी होते हैं।" राधा ने वाइन की एक चुस्की लेते हुए कहा।

राधा और उसका होने वाला मंगेतर, आयशा, हर्ष और उनके कुछ और हमउम्र रिश्तेदार देर रात को बैठे शराब पी रहे थे और अपने बचपन की बातों को याद करके एक-दूसरे की टाँग खींच रहे थे। हर तरफ़ हँसी-मज़ाक का माहौल था। सब बेहद ख़ुश लग रहे थे।

हर्ष उस वक्त अपने ही ख्यालों में खोया हुआ था। सबने अभी तक काफ़ी पी ली थी और सभी पर हल्का-हल्का नशा चढ़ने लगा था। दूर कहीं पुराने हिंदी गानों की धुन बज रही थी और सभी बैठे उस पर झूम रहे थे। उनमें से शायद ही किसी की हालत अभी खड़े होकर नाचने की थी। एक हाथ में गिलास पकड़े हर्ष दूर आसमान में देखता हुआ उस संगीत का लुत्फ़

उठा रहा था जब राधा ने उसे देखकर नताशा का ज़िक्र छेड़ा।

पुराने गानों और शराब का कुछ अजीब ही रिश्ता होता है। ना चाहते हुए भी शराब आपको एक ऐसी मनोस्थिति में पहुँचा देती है कि आप कितनी भी कोशिश कर लो पर ख़ुद के भीतर छुपे आशिक़ को बाहर निकलने से नहीं रोक पाते। हर्ष की हालत भी कुछ वैसी ही थी। वह भी उस वक्त किसी की यादों में खोया था।

"क्या कहा?" अचानक से नताशा का ज़िक्र सुनकर वह हड़बड़ा गया।

"मैंने कहा नताशा अच्छी लड़की है। कहो तो तुम्हारी बात चलाऊँ?" राधा ने चुटकी लेते हुए पूछा। "वैसे जिस तरह पिछले कुछ दिनों से तुम उसके इर्द-गिर्द मंडरा रहे हो, उससे लगता नहीं है कि मेरी कोशिश की कोई ज़रूरत है। तुम पहले से जानते हो क्या उसको?"

"अरे, ये क्या चल रहा है? हमें भी बताओ!" राधा के मंगेतर ने पूछा। अब तक राधा की बात पर सबके कान खड़े हो गए थे और सब इस हँसी-मज़ाक का हिस्सा बनने की कोशिश में जुट गए।

"ऐसी कोई बात नहीं है। तुम कुछ भी कहानी मत बनाओ।" हर्ष को लग गया था कि अगर इस बात को जल्द ही ख़त्म नहीं किया तो सभी का ध्यान उस पर केंद्रित हो जाएगा।

"अच्छा जी। हमसे होशियारी! अगर तुम उसे जानते नहीं हो तो तुम लोगों की पिछले कुछ दिनों से इतनी क्या बात चल रही है? बताओ, बताओ।" राधा इस बात को इतने आराम से

जाने देने के मूड में नहीं थी।

"अरे बाबा, ऐसी कोई बात नहीं है। हाँ, मैं उसे पहले एक-दो बार मिला हूँ। वह मेरे एक दोस्त की दोस्त है और उसके साथ ही मिला था।" हर्ष को समझ नहीं आ रहा था कि वह दुष्यंत और नताशा की बात वहाँ मौजूद सबको कैसे समझाए। वह उनके डेटिंग और ब्रेकअप के बारे में किसी से ज़िक्र नहीं करना चाहता था। पर क्यों? यह उसे भी उस वक्त समझ नहीं आ रहा था। हाँ, यह सच था कि पिछले कुछ दिनों के दौरान उसने नताशा के साथ काफ़ी वक्त बिताया था और हर गुज़रते पल के साथ एक अजीब-सा आकर्षण उसकी तरफ़ महसूस कर रहा था। पर हर बीतते लम्हे में वह ख़ुद को यह भी याद दिलाता रहा कि यह वही नताशा है जो कुछ दिन पहले उसके सबसे करीबी दोस्त और बिज़नेस पार्टनर की गर्लफ्रेंड थी और जिसे दुष्यंत ने प्रपोज़ भी किया था। और उसके बाद जो हुआ उसके बाद नताशा की तरफ़ कोई भी क़दम बढ़ाते हुए उसे डर ही लग रहा था।

"मतलब तुम उसे जानते हो यह बात तो पक्की है। रही बात दोस्त की दोस्त वाली, तो भाई वह कोई उसकी गर्लफ्रेंड तो है नहीं। फिर अगर तुम्हें वह पसंद है तो इसमें हर्ज ही क्या है? देख अगर तू बात नहीं करेगा तो ऐसा तो है नहीं कि वह ज़िन्दगी भर अकेली रहेगी। वह ख़ूबसूरत है, पढ़ी-लिखी है। कोई ना कोई तो उसे मिल ही जाएगा। फिर उस वक्त अफ़सोस मत करते रहना कि तुमने एक बार कोशिश क्यों नहीं की?" राधा ने उसे समझाने के लहजे में कहा।

“अच्छा मेरी माँ। मैं आपकी यह सलाह ज़रूर याद रखूँगा। पर अभी यह तुम्हारा बड़ा दिन है। तो फ़िलहाल तुम्हारी बात करें। मेरे लिए सोचने के लिए अभी काफ़ी वक़्त है।” हर्ष ने बात की दिशा पलटते हुए जवाब दिया।

राधा सिर्फ उसे देखकर मुस्कुराई। उसे हर्ष की आँखों में नताशा के लिए आकर्षण साफ़ दिखा था। पर उसे हर्ष की झिझक भी दिख रही थी। कुछ तो बात थी कि चाहकर भी हर्ष नताशा की तरफ़ कदम नहीं बढ़ा रहा था। “मुझे ही कुछ करना होगा।” सोचते हुए उसने अपने गिलास में बची सारी वाइन एक ही झटके में ख़त्म कर दी।

अगले दिन सुबह राधा अपने कमरे में उस दिन के फंक्शन के लिए सज-धजकर तैयार हो रही थी। नताशा भी वहाँ मौजूद थी और उसे तैयार होने में मदद कर रही थी।

“तो आख़िर वह दिन आ ही गया जिसका तुम्हें इतने अरसे से इंतज़ार था। कल शाम के फेरों के बाद तुम पराई हो जाओगी। ससुराल जाकर हमें भूल मत जाना।” नताशा ने राधा को गले लगाते हुए कहा।

“अच्छा जी। हमसे पीछा छुड़ाना इतना आसान नहीं है। और वैसे भी मैं कौन-सा किसी और शहर जा रही हूँ। तो अपना मिलना तो होता ही रहेगा।” राधा ने भी भावुक होकर जवाब दिया।

पिछले सप्ताह की हँसी-मज़ाक के बाद अगले दिन शाम को फेरे होने थे जिसके बाद राधा वहीं से अपने ससुराल के

लिए रवाना होने वाली थी। पूरा माहौल धीरे-धीरे गमगीन होने लगा था। डेस्टिनेशन शादी की उनकी प्लानिंग के हिसाब से सगाई से लेकर मेहंदी और शादी के सारे विधि-व्यवहार गोवा के उस एक रिसॉर्ट में ही होना तय हुआ था। एक हफ़्ते से दोनों परिवारों के लोग और यार-दोस्त वहीं टिके थे।

"सुनो, तुमसे एक बात करनी थी। बुरा ना मानो तो एक बात पूछूँ?" राधा ने धीरे से कहा।

"ऐसी क्या बात है जो तुम इतनी इजाज़त माँगकर पूछ रही हो? सीधे-सीधे पूछो ना।" नताशा ने राधा के बालों का क्लिप ठीक करते हुए जवाब दिया।

"तुम्हें पता है ना हम गोवा में हैं। यहाँ अच्छे-अच्छों को इश्क़ हो जाता है।" राधा ने मजाकिया अंदाज़ में आँखें तरेरते हुए कहा।

"मतलब?" नताशा को उसकी बात कुछ समझ नहीं आ रही थी।

"ओह हो। अब इतनी भोली भी मत बनो। पिछले एक हफ़्ते से जो खिचड़ी पक रही है, तुम्हें लगता है वह किसी को नज़र नहीं आ रही?" राधा ने हँसते हुए कहा।

"कैसी खिचड़ी? तुम क्या कह रही हो मुझे कुछ समझ नहीं आ रहा है।" पिन ठीक करके नताशा राधा के सामने आकर बैठ गई।

"अच्छा जी। तो मैडम इतने आराम से नहीं मानने वाली हैं? लगता है मुझे और गवाह बुलाने पड़ेंगे।" राधा ने एक बार और उसके मुँह से बात निकलवाने की कोशिश की।

“मुझे सचमुच कुछ समझ नहीं आ रहा है। तुम खुलकर बताओ ना।” नताशा के हाव-भाव से लग रहा था जैसे उसे सचमुच कुछ समझ नहीं आ रहा था।

“वैसे तुम्हारी पसंद अच्छी है। नज़र ना लगे मेरी।” राधा ने अपनी आँखों से काला टीका लेकर नताशा के गाल पर लगाते हुए कहा।

“अब तुम मुझे परेशान कर रही हो। तुम्हें ठीक से बताना है तो बताओ, नहीं तो मैं जा रही हूँ। बाय।” कहते हुए नताशा अपनी जगह से जाने के लिए उठने लगी।

“अरे बैठ। मैं तो मज़ाक कर रही थी। मैं सिर्फ़ यह कहना चाह रही थी कि हर्ष सचमुच अच्छा लड़का है, बेहद सुलझा हुआ और समझदार। और सबसे बड़ी बात वह मेरा बेहद ही ख़ास भाई है। इतने सारे रिश्तेदारों में वह और एक-दो और हैं जो मेरे हमउम्र हैं। तो जाहिर-सी बात है कि हम सभी साथ ही बड़े हुए हैं। इसलिए मैंने सोचा पूछ लूँ कि अगर तुम चाहो तो मैं बात आगे बढ़ा सकती हूँ।”

“कैसी बात? तुम क्या कह रही हो?”

“अब इतनी भोली ना बनो। हर्ष और तुम्हारे बीच पिछले एक हफ़्ते से जो खिचड़ी पक रही है वह सब देख रहे हैं। तुम उसे पहले से भी जानती हो ना।”

“अरे बाबा, कोई खिचड़ी नहीं पक रही। हाँ मैं उसे पहले से थोड़ा बहुत जानती हूँ। हाँ, पिछले कुछ दिनों में मैंने महसूस किया कि वह सचमुच अच्छा इंसान है। पर तुम्हें हमारे बीच के कनेक्शन के बारे में कितना पता है ये मुझे नहीं मालूम पर जो

भी है हमारा कनेक्शन अभी बहुत ही जटिल है। तो मुझे नहीं लगता कि हमारे बीच कुछ हो पाएगा।"

"सुनो, तुम्हें नहीं लगता कि तुम कुछ ज़्यादा ही सोच रही हो। हर्ष ने मुझे सिर्फ़ इतना बताया कि तुम उसके किसी दोस्त की दोस्त हो। तो अगर तुम्हारा कोई बॉयफ्रेंड नहीं है तो मुझे नहीं लगता कि इसमें कोई बुराई है।"

"उसने तुम्हें बताया नहीं कि उसका दोस्त मेरा एक्स बॉयफ्रेंड है?" नताशा की आँखों में अब उदासी साफ़ झलक रही थी।

"एक्स है ना। अभी तो नहीं है। फिर ऐसा तो है नहीं कि तुम जिंदगी भर अब उस गुज़र चुके रिश्ते की डोर से बँधी रहोगी। तो अगर किस्मत ने तुम्हें हर्ष के पास लाया और तुम दोनों को लगाव महसूस हो रहा है तो कोशिश करने में क्या हर्ज है?" राधा ने नताशा का हाथ पकड़कर वापस बैठाते हुए कहा।

राधा की बात सुनकर नताशा एक पल के लिए खामोश रह गई। पिछले एक हफ़्ते में उसने हर्ष को काफ़ी नज़दीक से देखा था। वह सचमुच एक अच्छा इंसान था। कहीं ना कहीं उसे भी हर्ष की तरफ़ आकर्षण महसूस हो रहा था पर दुष्यंत को याद करके एक झिझक भी थी।

नताशा को यूँ चुप देखकर राधा आगे बोल पड़ी, "देख मैं तुम पर कोई दबाव नहीं डालना चाहती। अगर तुम्हें लगे कि मेरी बात करने से शायद फ़ायदा होगा तो कहना। मैं बस इतना ही कहना चाहती थी।"

"यह इतना आसान नहीं है।" आख़िर कुछ पल के बाद

नताशा ने आह भरते हुए कहा।

"कोशिश करने में कोई हर्ज नहीं है। और यहाँ कौन तुम्हें पहचानता है। अगर बात बनी तो बढ़िया वरना वापस जाकर तो तुम दोनों अपनी-अपनी दुनिया में ही खो जाने वाले हो।" राधा की आँखों में उम्मीद की एक किरण जाग उठी।

"क्या करें?" नताशा ने मायूसी से राधा की ओर नज़रें उठाते हुए कहा।

"तुम कुछ मत करो। मैंने कर दिया है जो करना है। बस तेरी हाँ का इंतज़ार था।" कहती हुई राधा खिलखिला उठी।

ठीक उसी वक्त हर्ष वहाँ आया। "क्या बात है? आयशा ने कहा कि तुम मुझे ढूँढ रही थी और कुछ जरूरी काम है।" उसने राधा की ओर देखते हुए पूछा। नताशा को वहाँ बैठे देखकर एक पल के लिए उसके कदम दरवाज़े के पास ही रुक गए थे।

"हाँ, काम तो जरूरी है। तभी तो तुम्हें बुलाया है।" राधा उसे देखकर मुस्कुराते हुए बोली।

"बोलो।"

"यह मेरी ख़ास सहेली है, नताशा। यह पहली बार गोवा आई है और पिछले एक हफ़्ते से यह बस इस रिसॉर्ट में क़ैद है। आज इसने गोवा घूमने की इच्छा जताई तो मेजबान होने के नाते यह हमारा फ़र्ज़ है कि हम इसे गोवा घुमाएं। अब मैं इसे किसी अनजान के साथ तो भेज नहीं सकती, इसलिए तुम्हें बुलाया है। तो तुम आज इसे जरा गोवा घुमाकर ला सकते हो?" राधा ने दबी मुस्कान के साथ हर्ष को देखते हुए कहा।

हर्ष देख सकता था कि राधा क्या कर रही थी। पर कहीं

ना कहीं उसका दिल भी इस मौक़े को खोना नहीं चाहता था। "ठीक है। पर सिर्फ़ तुम्हारे लिए वरना मेरे पास बहुत काम हैं।" उसने राधा की चुटकी लेते हुए जवाब दिया।

"अगर तुम ज़्यादा व्यस्त हो तो कोई बात नहीं, फिर मैं अपने चाचा के लड़के दिनेश को कह देती हूँ। वह इसको घुमा लाएगा।"

"नहीं, मैंने ऐसा तो नहीं कहा। मैं ले जाऊँगा।" राधा की बात खत्म होने से पहले हर्ष बोल पड़ा।

"देखा मैंने कहा था ना कि मेरा भाई कितना सीधा है।" राधा ने नताशा की ओर देखकर आँख मारते हुए कहा। "अब जाओ और मेरा वक्त बर्बाद मत करो। मुझे फंक्शन के लिए भी तैयार होना है।" वह अब खिलखिला रही थी।

हर्ष और नताशा दोनों के चेहरे शर्म से लाल हो गए थे। बिना कुछ कहे नताशा अपनी जगह से उठी और हर्ष की तरफ़ देखकर बोली, "चलें?"

"हाँ।" कहते हुए हर्ष जाने को मुड़ा।

"ऑल द बेस्ट। अब यह मौक़ा मत गंवाना।" राधा ने हर्ष को कोहनी मारते हुए कहा और दरवाज़ा बंद कर तैयार होने में जुट गई।

दरवाज़े के बाहर खड़े हर्ष और नताशा दोनों ही शर्म से लाल हो रहे थे। उन्हें समझ नहीं आ रहा था कि क्या कहें। आख़िर हर्ष ने ही पहल की। "राधा की बातों का बुरा मत मानना। वह ऐसी ही मुँहफट है। कुछ भी बोल देती है।"

"उसकी बात का क्या बुरा मानना। मैं उसे अब काफ़ी

वक़्त से जानती हूँ। चाहे वह कुछ भी बोले पर दिल की बेहद साफ़ है।"

"थैंक गॉड कि तुम्हें बुरा नहीं लगा। चलो नीचे चलते हैं। तुम्हारे बाक़ी दोस्त तुम्हारा इंतज़ार कर रहे होंगे।" कहते हुए हर्ष ने नताशा को सीढ़ियों की तरफ़ बढ़ने का इशारा किया और दो कदम आगे बढ़ा।

नताशा अब भी अपनी जगह पर खड़ी थी जैसे कुछ सोच रही हो।

"क्या हुआ? कुछ रह गया है क्या कमरे में?" नताशा को साथ ना आता देखकर हर्ष ने पीछे मुड़कर देखा और उसे अपनी जगह पर स्थिर खड़ा देखकर पूछा।

"मैं राधा की कही बात के बारे में सोच रही थी।"

"कौन-सी बात?" हर्ष ने वापस लौटते हुए पूछा।

"वही गोवा घूमने के प्लान के बारे में। बुरा आईडिया नहीं है। वैसे भी पिछले एक हफ़्ते से सबके साथ उठ-बैठकर अब बोर हो रहा है। कल फेरे हैं तो कल तो बिल्कुल भी फुर्सत नहीं होगी। तो आज घूम आने का आईडिया अच्छा है। तुम चलोगे मेरे साथ?" नताशा ने हर्ष की आँखों में झाँकते हुए पूछा।

"मैं?" हर्ष आगे कुछ कह नहीं पाया।

नताशा को उसके मन की झिझक समझ आ रही थी। "देखो मुझे पता है कि तुम्हारे मन में दुष्यंत को लेकर कश्मकश चल रही है। यकीन मानो मैं ख़ुद भी अभी तक उससे उबर नहीं पायी हूँ। पर वैसे भी हम यहाँ साथ वक्त बिता ही रहे हैं तो घूमने जाने में कोई प्रॉब्लम तो नहीं है। बाक़ी तुम्हारी मर्जी।"

हर्ष कुछ पल एकटक नताशा को देखता रहा। फिर कुछ सोचकर बोला, “15 मिनट में मुझे रिसेप्शन पर मिलो। मैं गाड़ी का बंदोबस्त करता हूँ।”

उस वक्त उन दोनों को ही समझ नहीं आ रहा था कि वे क्या कर रहे थे पर दोनों ने ही किस्मत को अपना रास्ता चुनने का मौक़ा देने का फ़ैसला कर लिया था। अब देखना था कि किस्मत उन्हें कहाँ लेकर जाती थी।

अध्याय 7

घर वापसी

“थैंक यू। कल इस शहर में अपना आख़िरी दिन है। अगर तुम साथ नहीं होते तो शायद मैं इतना खुलकर इस शहर को नहीं जी पाती। तुमने मुझे जो यादें दी हैं, वे अब ज़िन्दगी भर मेरे साथ रहेंगी।” वर्साय घूमने के बाद दुष्यंत और अवनी ने पास के एक पॉपुलर रेस्टोरेंट में शाम को डिनर किया और फिर होटल के लिए लौट चले। गाड़ी में बैठे हुए अवनी की निगाह बाहर पीछे की ओर भाग रहे आस-पास के मनोरम दृश्यों पर टिकी थी। बाहर देखते हुए ही उसने दुष्यंत से कहा।

“मुझे ख़ुशी है कि मुझे तुम्हारे जैसा एक दोस्त मिल गया। वरना अकेले तो मैं बोर ही हो जाता। और तुम जिस बारीकी से यहाँ की घूमने की जगहों का अध्ययन करके आई हो, उतना ज्ञान तो शायद मुझे यहाँ के रहने वाले भी नहीं दे पाते।” दुष्यंत ने भी मुस्कुराकर जवाब दिया।

“तुम मेरा मज़ाक उड़ा रहे हो ना? मुझे मालूम है पूरे ट्रिप में मैं बहुत ज़्यादा एकतरफ़ा बोल-बोलकर तुम्हें पकाती रही हूँ।

अब तुम 'हाँ' और 'हूँ' के अलावा बात ही नहीं करते हो तो मैं क्या करूँ? तुम्हारी तरह चुप तो मैं शायद मरने के बाद ही रह पाऊँगी।" अवनी ने चुटकी लेते हुए कहा।

"नहीं, मैं मज़ाक नहीं कर रहा। तुम्हारे साथ घूमकर मुझे सच में बहुत मज़ा आया।"

"तो फिर यह दोस्ती आगे भी बरकरार रखना। यहाँ से जाते ही भूल मत जाना।"

"बिल्कुल भी नहीं।" दुष्यंत मुस्कुराया।

"आज रात किसी पब में पार्टी करने चलें? मैंने सुना है यहाँ होने वाली पार्टियाँ भी बेहद रोमांचक होती हैं।" अवनी ने सुझाया।

"ओके।" दुष्यंत दिन भर घूमकर थक गया था और होटल जाकर सोना चाहता था पर वह अवनी के साथ बिताने को मिल रहे पलों को भी गंवाना नहीं चाहता था। उसे यह बात भी खाए जा रही थी कि यहाँ तो क़िस्मत से अवनी का साथ होने की वजह से वह ठीक था, पर एक बार अगले दिन लौटने के बाद क्या उसका अकेलापन उसे वापस उसी मायूसी के दलदल में तो नहीं धकेल देगा? यह सोचकर उसका मन घबरा रहा था।

उस रात उन दोनों ने जमकर शराब पी। नशे में धुत्त किसी तरह गाड़ी में सवार होकर वे होटल के लिए निकले। बाहर आसमान में सैकड़ों तारे टिमटिमा रहे थे। रोड के किनारे उगे फूलों की ख़ुशबू से पूरा वातावरण गमक रहा था। पब के अंदर के तेज़ संगीत के सामने बाहर हवा की सरसराहट की हल्की आवाज़ मन को अजीब-सा सुकून दे रही थी। कुछ देर वे दोनों

चुपचाप गाड़ी में बैठे बाहर के नज़ारों का आनंद लेते रहे।

"मैं तुम्हें एक सच्चाई बताऊँ? यह बात मैंने कभी किसी को नहीं बताई।" गाड़ी के थोड़ी दूर बढ़ने के बाद अवनी ने धीमे से कहा। गाड़ी की खिड़की से बहकर आने वाली ठंडी हवा के झोंके उसके चेहरे से टकरा रहे थे और उसे मदहोश कर रहे थे। उसकी आँखें बंद थीं और शराब के नशे में वह पूरी तरह धुत्त थी।

"बताओ।" दुष्यंत को भी चढ़ गई थी पर वह किसी तरह ख़ुद पर क़ाबू रखकर गाड़ी चला रहा था।

"मेरी वह वैलेंटाइंस डे पर यक़ीन ना होने वाली बात सरासर ग़लत है। मुझे हमेशा से ही इश्क़ के ख़याल से ही इश्क़ रहा है और अगर मेरा बस चलता तो मैं इसे रोज़ एक त्योहार की तरह मनाती। मुझे हमेशा लगता था कि जिस दिन कोई मेरे साथ होगा, वह मुझे ऐसे ही किसी ट्रिप पर ले चलेगा जैसा मैं पिछले एक हफ़्ते से घूम रही हूँ। चोरी-छिपे मैं भी किसी को दिलो-जान से चाहती थी और ना जाने क्यों मुझे हमेशा लगता था कि वह भी मुझे चाहता है। पर जब कॉलेज की एक वैलेंटाइंस डे पार्टी में उसने मेरे ही एक दोस्त को प्रपोज़ किया तो मेरा तो दिल ही टूट गया। तब से मुझे इस दिन से ही नफ़रत हो गई थी, पर अब इस ट्रिप के बाद शायद वह प्यार मेरे दिल में वापस लौट रहा है।"

अवनी की आँखें अभी भी बंद थीं पर उसकी बातें सुनकर दुष्यंत की आँखें भर आईं और उसकी दोनों आँखें डबडबा गईं। नताशा की यादों ने वापस उसके दिल में टीस मारना शुरू कर

दिया था। वह उन आँसुओं को बहने से रोकना चाहता था पर ख़ुद पर संयम नहीं रख पा रहा था।

दुष्यंत की तरफ़ से कोई जवाब ना आता देख, अवनी ने आँखें खोलकर पलटकर उसकी तरफ़ देखा। एक पल में ही उसे दुष्यंत की हालत समझ आ गई। "इन्हें बह जाने दो। तुम्हें अच्छा लगेगा।" उसने अपना एक हाथ दुष्यंत के हाथ पर रख दिया।

अवनी के हाथ का स्पर्श मिलते ही दुष्यंत की आँखों से आँसू भरभरा कर गिरने लगे। पर जैसा अवनी ने कहा, उसे अच्छा लग रहा था। उसका मन हल्का हो रहा था जैसे उसके दिल से कोई बोझ धीरे-धीरे हट रहा हो। उसने अवनी का हाथ कसकर पकड़ लिया।

उस रात जो हुआ उससे उनकी ज़िन्दगी में क्या बदलाव आने वाला था, उसका एहसास उन दोनों में से किसी को भी उस पल नहीं था। ग़म के धागे से जुड़े हुए दोनों ने वह रात साथ गुज़ारी। कब एक हाथ का थामना रिश्ते की सीमा लाँघ गया, वे समझ ही नहीं पाए। अगली सुबह आँख खुली तो देखा कि पूरी रात वे एक-दूसरे की बाँहों में, समय और संसार से बेख़बर सो रहे थे। आँख खुलने पर शर्म के मारे वे एक-दूसरे की तरफ़ ठीक से देख भी नहीं पा रहे थे। उन दोनों में से किसी ने भी इसके बारे में नहीं सोचा था। पर अब जो हो गया था उसे बदला नहीं जा सकता था।

"मैं एक घंटे में तैयार होकर नाश्ते पर मिलता हूँ।" दुष्यंत ने अपने कपड़े समेटते हुए कहा। वे दोनों अवनी के कमरे में थे

और वह किसी तरह जल्द से जल्द वहाँ से निकल जाना चाहता था। लाख कोशिशों के बावजूद उसे याद ही नहीं आ रहा था कि जो हुआ वह कैसे हुआ।

"हाँ।" अवनी ने भी शर्म के मारे नज़रें नीचे रखते हुए कहा। सामने दुष्यंत कपड़े पहनने की कोशिश कर रहा था और वह रात भर उससे लिपटकर सोने के बाद अब उसकी तरफ़ देखने से भी शर्मा रही थी।

एक घंटे के बाद दुष्यंत जब नाश्ते के लिए होटल के रेस्टोरेंट में पहुँचा तो अवनी वहाँ नहीं थी। वह उसका इंतज़ार करता रहा पर अगला एक घंटा गुज़र जाने के बाद भी अवनी का कहीं पता नहीं था। दुष्यंत को अब उसकी चिंता होने लगी थी। वह उठकर अवनी के कमरे की ओर बढ़ा।

"अवनी।" उसने धीरे से कमरे के दरवाज़े पर खटखटाते हुए आवाज़ दी।

पूरे एक मिनट, जो दुष्यंत के लिए अनंत काल की तरह गुज़रा, के बाद अवनी ने दरवाज़ा खोला। उसकी आँखें लाल थीं। वह रो रही थी।

"तुम रो रही हो?"

अवनी कुछ जवाब ना देती हुई वापस जाकर बिस्तर पर बैठ गई। लाख कोशिशों के बावजूद उसकी सिसकी नहीं रुक रही थी।

दुष्यंत को पल भर के लिए समझ में नहीं आया कि क्या करे, पर वह अवनी को इस हालत में भी नहीं छोड़ सकता था। उसे इस बात का एहसास हो रहा था कि शायद अवनी पिछली

रात के वाक़ये की वजह से रो रही थी। वह चुपचाप उसके बगल में जाकर बैठ गया। "देखो अवनी, जो हुआ वह क्यों और कैसे हुआ यह मुझे भी याद नहीं है। मेरा यक़ीन मानो, अगर मैं होश में होता तो ऐसा कभी नहीं होने देता। पर अब जो हो चुका है, हम उसके बारे में सोचकर, परेशान होकर तो कुछ नहीं कर सकते।" वह एक पल के लिए रुका जैसे कुछ सोच रहा हो। उसे मालूम था कि अब उसे अपनी सच्चाई अवनी को बतानी ही पड़ेगी। "कल तुमने जो बातें मुझे बताईं उससे मेरे अंदर का भी बाँध टूट गया था। मैं रोया पर तुम्हें कल बता नहीं पाया कि जो तुम्हारे साथ हुआ वही मेरे साथ भी हुआ था। किसी ने वैलेंटाइंस डे के दिन मेरा भी दिल तोड़ दिया था और मैं यहाँ उसी ग़म से उबरने के लिए आया हूँ। अब इसे मेरी किस्मत कहो कि तुम मुझे मिलीं। तुम्हारे साथ की वजह से ही मैं धीरे-धीरे उन यादों से उबर पा रहा था वरना मेरे लिए हर एक दिन काटना मुश्किल होता। मुझे तुम अच्छी लगने लगी हो पर मैं तुम्हारे बारे में जाने बिना तुम्हें कुछ भी कहने से हिचक रहा था। तो अगर तुम्हें मंज़ूर हो तो क्या हम एक नई शुरुआत साथ में कर सकते हैं?" कहते हुए दुष्यंत ने अपना हाथ अवनी की तरफ़ बढ़ाया।

अवनी धीमे से दुष्यंत की तरफ़ पलटी और उससे लिपटकर फफककर रो पड़ी। यह उन दोनों के लिए एक नई शुरुआत होने वाली थी।

वह दिन दुष्यंत और अवनी दोनों की जिंदगी में नई खुशियाँ

लेकर आया था। दोनों बहुत ख़ुश थे और सारा दिन एक-दूसरे का हाथ थामे हुए घूमते रहे। अवनी का हाथ थामे दुष्यंत को अब नताशा की कमी खल नहीं रही थी। जो हुआ था वह बहुत ही जल्दबाज़ी में हुआ था पर दोनों ने इसे किस्मत का इशारा मान कदम आगे बढ़ाने की ठानी। दिन भर घूमने के बाद, शाम को वे इकट्ठे एयरपोर्ट पर वापसी की फ्लाइट पकड़ने के लिए बैठे थे।

“वापस जाकर मुझे भूल मत जाना।” अवनी ने दुष्यंत के कंधे पर सिर रखते हुए कहा।

“लगता है तुम्हें मुझ पर अभी भी भरोसा नहीं है।” दुष्यंत ने उसके सिर के बालों को सहलाते हुए जवाब दिया।

“ऐसी बात नहीं है। पर तुम भी जानते हो, जो हुआ वह बहुत ही जल्दबाज़ी में हुआ है। तुमने कहा है कि तुम एक नई शुरुआत मेरे साथ करना चाहते हो पर मुझे डर है कि कहीं तुम यह सब पिछली रात जो हुआ उसकी ग्लानि में तो नहीं कह रहे हो। मुझे भी तुम पसंद आने लगे हो दुष्यंत, पर यक़ीन मानो, मैं किसी भी सूरत में तुम पर ख़ुद को ज़बरदस्ती नहीं थोपना चाहूँगी। तुमने वह बातें अगर मेरा रोना बंद कराने के लिए कही हों तो भी कोई बात नहीं। तुम अब भी सच्चाई बता सकते हो। मैं बुरा नहीं मानूँगी।” अवनी बोले जा रही थी।

“मुझे जो कहना था मैंने कह दिया है अवनी। हाँ, मैं मानता हूँ कि जो बात हमने की वह काफ़ी जल्दबाज़ी में हुई और शायद वह जगह या माहौल सही नहीं था। पर अपनी जिंदगी में सही जगह और माहौल बनाकर भी मैं वक्त से हारा हूँ। तो

अगर किस्मत ने यह मौक़ा दिया है तो मैं इसे गंवाना नहीं चाहूँगा। मेरी तरफ़ से अब कुछ भी और सोचने के लिए नहीं है। मैंने फ़ैसला ले लिया है। अब तुम पर है कि तुम्हें क्या ठीक लगता है। मैं भी तुम पर ज़बरदस्ती अपना फैसला नहीं थोपना चाहूँगा। तुम्हें अगर सोचने के लिए और वक्त चाहिए तो मैं इंतज़ार करने के लिए तैयार हूँ।"

"मुझे तो तुमने पहली नज़र में ही जीत लिया था। तुम नहीं होते तो शायद मैं इस ट्रिप पर ही नहीं आ पाती। मुझे अब और नहीं सोचना। चलो इस नए सफ़र पर साथ मिलकर चलते हैं।" कहते हुए अवनी ने दुष्यंत के हाथ को ज़ोर से पकड़ लिया। "वापस जाकर क्या प्रोग्राम है?"

"कुछ ख़ास नहीं। बस काम-धंधे को वापस पटरी पर लाना है। बेचारा मेरा पार्टनर पिछले एक महीने से अकेले काम का बोझ ढो रहा है। कुछ दिन में सब ठीक करके तुम्हें वापस मिलता हूँ। और तुम्हारा?"

"इस अचानक किस्मत से मिले गिफ्ट की वजह से कई सारे प्रोजेक्ट अधूरे छोड़ आई थी। वापस जाकर उन सबको देखना है।"

"अरे, मैंने तो तुमसे पूछा ही नहीं कि तुम क्या करती हो?"

"मैंने भी तो नहीं पूछा। हमें वक्त ही नहीं मिला। खैर छोड़ो। वापस जाकर बहुत वक़्त मिलेगा एक-दूसरे को समझने के लिए। अभी इस सपनों की दुनिया को यूँ ही रहने देते हैं।"

"कम-से-कम अपना पता तो बताती जाना। कहीं गुम मत हो जाना।" दुष्यंत मुस्कुराया।

“पते से याद आया। अगले महीने मेरे घर पर एक छोटी-सी पार्टी है। मुझे ख़ुशी होगी अगर तुम भी वहाँ आ पाए तो। अब चूँकि हम दोनों ही अगले कुछ दिन काम में व्यस्त होने वाले हैं, तो पहले बचे काम निपटाते हैं और फिर सीधे पार्टी में फुर्सत से मिलेंगे। अगर तब तक तुम्हारा फ़ैसला नहीं बदला और तुम आए तो मैं तुम्हें अपने सारे दोस्तों से मिलवाऊँगी।”

अगली सुबह उनकी फ्लाइट मुंबई एयरपोर्ट पर उतरी। बाहर आकर दोनों ने अपने-अपने घरों के लिए टैक्सी ली।

“मुझे तुम्हारा इंतज़ार रहेगा।” कहते हुए अवनी दुष्यंत के गले से लिपट गई।

“मुझे भी। मिलते हैं कुछ दिनों में।” दुष्यंत को आश्चर्य हो रहा था कि इतने कम दिनों की मुलाक़ात में ही उसे अवनी से दूर जाते हुए कुछ अजीब-सा लग रहा था।

“मैंने तुम्हारे नंबर पर अपना पता भेज दिया है। पार्टी में ज़रूर आना।”

दोनों ने एक-दूसरे को गुडबाय कहा और अपने-अपने रास्ते निकल पड़े।

अध्याय 8

गोवा की सैर

राधा के कमरे से निकलकर नताशा सीधे रिसेप्शन पर जाकर हर्ष का इंतज़ार करने लगी। वादे के मुताबिक हर्ष 15 मिनट के अंदर वहाँ हाज़िर था। उसने एक गाड़ी का बंदोबस्त कर लिया था।

"अरे वाह! यहाँ किसकी गाड़ी मिल गई तुम्हें?" हर्ष के हाथ में गाड़ी की चाबी देखकर नताशा ने खिलखिलाते हुए पूछा।

"हमारे कई रिश्तेदार मुंबई से इस शादी में शामिल होने अपनी-अपनी गाड़ियों से आए हैं। उनमें से एक की गाड़ी ले ली। पहले मेरा भी प्लान गाड़ी से ही आने का था पर मम्मी के मना करने पर हमें फ्लाइट से आना पड़ा। खैर छोड़ो ये बातें, यह बताओ जाना कहाँ है? मुझे यक़ीन है तुमने यहाँ का चप्पा-चप्पा पहले देख ही रखा होगा। मैं ख़ुद भी यहाँ इतनी बार आ चुका हूँ कि मुझे तो अब यहाँ की गलियाँ भी याद हो गई हैं। तो कोई ख़ास जगह वापस जाना चाहती हो तो बताओ।" हर्ष ने दमकते हुए पूछा। नताशा के साथ जाने की सोच से ही वह

ना जाने क्यों रोमांचित हुआ जा रहा था।

थोड़ी देर के बाद हर्ष और नताशा, गाड़ी में सवार बाहर निकलने को तैयार बैठे थे। घूमने कहाँ चलना है इस बारे में अभी तक नताशा ने कोई जवाब नहीं दिया था।

"अब बता भी दो कि जाना कहाँ है?" हर्ष ने दोबारा पूछा।

हर्ष के सवाल पर नताशा थोड़ी झेंप गई।

नताशा को यूँ शर्माते देख हर्ष को अंदाज़ा लगाते देर नहीं लगी। "तुम ऐसे क्यों मुस्कुरा रही हो? अब यह मत कहना कि तुम इस से पहले कभी गोवा नहीं आईं।"

नताशा ने सिर्फ मुस्कुराते हुए नकारात्मक अंदाज़ में सिर हिलाया।

"यार, आज के ज़माने में कौन है जो कॉलेज ख़त्म होने तक एक बार भी गोवा नहीं आया हो?" हर्ष ने आश्चर्य से पूछा। "और तुम्हें तो पार्टी करना पसंद है। फिर कैसे संभव है कि तुम्हारा कभी यहाँ आने का मन नहीं किया?"

"पार्टी करना पसंद है, पर वह तो मैं अपने शहर में भी कर सकती हूँ। उसके लिए यहाँ भागकर आने की क्या ज़रूरत है?" नताशा ने वापस पूछा।

नताशा की आवाज़ से हर्ष को लगा जैसे उसकी कही बात नताशा को पसंद नहीं आई। "सॉरी। मैं तुम्हारा मज़ाक नहीं उड़ा रहा था। पर यह बात तो सच है कि मुझे अभी तक कोई मिला नहीं जो यहाँ ना आया हो।" उसने नताशा की आँखों में झाँकते हुए कहा।

"अरे नहीं, मैं कोई नाराज़ नहीं हूँ। हाँ, यह सच है कि मैं

कभी यहाँ नहीं आई। एक-दो बार कॉलेज में प्लान बना भी था पर फिर किसी वजह से मैं नहीं आ पायी। शायद किस्मत में मेरा यहाँ घूमना किसी ख़ास इंसान के साथ लिखा था।" नताशा ने मुस्कुराते हुए कहा।

हर्ष भी एक पल के लिए मुस्कुराया पर कहीं ना कहीं एक झिझक उसे अभी भी परेशान किए जा रही थी। नताशा उसके सबसे अच्छे दोस्त दुष्यंत की एक्स-गर्लफ्रेंड थी। दुष्यंत उसके ही ठुकराने के ग़म से निकलने के लिए अभी पेरिस गया हुआ था और हर्ष यहाँ उसी नताशा के साथ घूम रहा था। "तो फिर गूगल में ढूँढ करके फाइनल करो कि तुम्हें क्या-क्या देखना है। मैं तो यहाँ जो भी देखने के लायक़ है वह लगभग सारी जगहें देख चुका हूँ। तो तुम जहाँ बोलोगी हम वहाँ चलेंगे।"

नताशा जैसे उसके मन की बात भाँप गई थी। "सुनो, क्या मैं तुमसे एक बात कह सकती हूँ?"

"कहो।" हर्ष नताशा के यूँ पूछने से थोड़ा विचलित हुआ।

"मेरे और दुष्यंत के बीच जो हुआ उस हक़ीक़त से हम में से कोई भी मुँह नहीं मोड़ सकता। क्यों हुआ, यह मैं तुम्हें कुछ दिन पहले ही बता चुकी हूँ और वापस उसे दोहराना नहीं चाहूँगी। तो अगर तुम मेरे साथ मेरे दोस्त बनकर घूमने चलना चाहते हो तो ही इस सफ़र पर जाने का कोई मतलब है। लेकिन अगर तुम दुष्यंत को अपने साथ अपने ज़हन में लेकर चलने वाले हो तो फिर पूरे रास्ते हमारे बीच जो झिझक बनी रहेगी वह हमें ढंग से ना तो आज के सफ़र का लुत्फ़ उठाने देगी ना ही उसमें कुछ मज़ा है। अगर तुम्हें अपनी झिझक छोड़कर

चलना है तभी मैं बताऊँगी कि हमें कहाँ चलना है।"

एक पल के लिए हर्ष कुछ बोल नहीं पाया। उसे आश्चर्य हो रहा था कि कैसे नताशा उसके मन की बात जान गई। फिर उसने ख़ुद को सँभालते हुए कहा, "अच्छा बाबा, कोई झिझक नहीं। जो हुआ हम उसको आज के लिए दरकिनार कर घूमने चलेंगे। तो मैडम, अब और ज़्यादा वक्त ना बर्बाद करते हुए बताओ कि तुम्हारा यहाँ क्या देखने का मन कर रहा है।"

उसका उत्साह देखकर नताशा के चेहरे पर भी ख़ुशी की लहर दौड़ उठी। "अब मैं जो कहने जा रही हूँ उसे सुनकर प्लीज़ हँसना मत।"

"अब पहेलियाँ बुझाना छोड़कर कुछ बोलोगी भी!"

"बताती हूँ। मैंने काफ़ी रिसर्च की है और मुझे यहाँ की तीन जगहें देखने का बहुत मन है। सबसे पहले हम पणजी के पास की जगह डोना पाउला चलेंगे। मैंने सुना यह वह जगह है जहाँ से दो प्रेमियों ने एक साथ कूदकर जान दे दी थी। उन्होंने अलग होने की जगह मरने को चुना। कुछ तो ख़ास होगा ही उस जगह में। कहते हैं सच्चे प्रेमी मर जाते हैं पर उनके प्रेम की ख़ुशबू उन वादियों में हमेशा के लिए वहाँ की हवा में घुल जाती है। मैं वहाँ जाकर उस जगह में बसे उनके प्रेम को महसूस करना चाहती हूँ।"

"वाह। मैंने तो डोना पाउला को कभी ऐसे नज़रिए से नहीं देखा। ठीक है, हम सबसे पहले वहाँ चलेंगे। उसके बाद?"

"उसके बाद हम साउथ गोवा के चंदोर नामक जगह में मौजूद एक लगभग 500 साल पुरानी हवेली देखने चलेंगे। मैंने

सुना है उन्होंने उस घर को ठीक वैसे ही रखा है जैसे कि वह सैकड़ों साल पहले था। ऐतिहासिक धरोहर को देखने में मुझे बड़ा मज़ा आता है। वे तुम्हें इतिहास के ऐसे पहलू दिखाते हैं जो कोई भी किताब कभी नहीं सिखा सकती।"

"वाह! वाह! इसके बारे में तो मुझे भी नहीं पता। चलो यहाँ मज़ा आएगा। और तीसरी जगह?" हर्ष नताशा के प्लान को सुनकर आश्चर्यचकित था। जितना वह नताशा को पहले से जानता था उससे उसे लगा था कि शायद वह कुछ लोकप्रिय जगहों पर जाना चाहेगी। गोवा में वैसे भी क्रूज़, कई जाने-माने चर्च, रेस्टोरेंट और समंदर का खूबसूरत किनारा था जहाँ हर पहली बार गोवा आने वाला व्यक्ति जाता था। पहली बार देखने से किसी को भी नताशा के मॉडर्न लुक को देखकर लगता कि वह भी वही सब जगहों पर जाएगी पर उसकी चुनी जगहों ने हर्ष को चकित कर दिया। अब वह तीसरी जगह के बारे में जानने के लिए और भी उत्सुक था।

"यार, तीसरी जगह हम जा पाएंगे या नहीं या तुम सचमुच जाना चाहोगे, यह पता नहीं।"

"ऐसी कौन-सी जगह है, तुम बताओ तो पहले? तुम कहीं कसीनो जाकर जुआ तो नहीं खेलने का प्लान बना रही हो?"

"ना बाबा। मुझे जुए से सख्त नफ़रत है। मेरा मानना है कि मुफ़्त में कुछ नहीं मिलता। कुछ भी पाने के लिए ख़ुद को मेहनत के समंदर में डुबोना ही पड़ता है, तब जाकर ही कामयाबी का मोती नसीब होता है।"

"अच्छा फिलॉस्फर साहिबा, अब बता भी दो। तभी हम

निर्णय ले पाएंगे कि जा सकते हैं या नहीं।"

"तीसरी जगह एक पौराणिक शिव मंदिर है जो पास की एक वाइल्डलाइफ सेंचुरी के अंदर बसा है। यह बारहवीं शताब्दी की बनी एक धरोहर है जो विदेशी हमलों से किसी तरह बच पाई।"

"तुम गोवा आकर मंदिर जाने का प्लान बना रही हो?"

"देखा, मैंने कहा था ना! तुम शायद नहीं जाना चाहोगे।"

"ऐसी बात नहीं है। मंदिर जाना मुझे भी पसंद है। मैं शहर में हर हफ्ते जाता हूँ। पर पहली बार कोई मिला है जो यहाँ के ऐतिहासिक मंदिर में बाक़ी लोकप्रिय जगहों के मुक़ाबले ज़्यादा रुचि रखता हो। हम ज़रूर जाएँगे। तुमने लंच का कुछ प्लान किया है? पहली दो जगहें देखते-देखते दोपहर हो जाएगी।"

"हाँ बाबा। यह रहा हमारा लंच।" कहते हुए नताशा ने एक बड़े-से बैग से दो डिब्बे निकाले। "मैं लंच के लिए रुककर वक़्त बर्बाद नहीं करना चाहती। तो मैंने रिसॉर्ट के मैनेजर से कहकर यहीं के रेस्टोरेंट से दो डिब्बे पैक करवा लिए हैं।"

"वाह, तुमने तो सब प्लान कर लिया है। मैं तुम्हारे इस पहलू से तो बिल्कुल ही वाक़िफ़ नहीं हूँ।"

"घर में सबसे बड़ी होने की यह भी एक तकलीफ़ है। तुम्हें सब प्लान करने की आदत पड़ जाती है। और हम अभी तो थोड़ा खुलकर मिले हैं। इतनी जल्दी हम एक-दूसरे को कैसे जान पाएंगे? अब चलो वरना लौटने में देर हो जाएगी। मुझे शाम की रस्मों के शुरू होने से पहले वापस आकर तैयार भी होना है।" कहते हुए नताशा ने सीट बेल्ट बाँधी और आराम से

सीधी होकर बैठ गई।

सीट बेल्ट बांधते हुए हर्ष सोच रहा था कि उसने नताशा के इस पहलू का ज़िक्र कभी दुष्यंत के मुँह से नहीं सुना। जितना उसने दुष्यंत से सुना था उसके हिसाब से नताशा एक बेहद ही मॉडर्न विचारों की लड़की थी। पर आज जो देखने को मिल रहा था वह कुछ और था। मन ही मन हर्ष ख़ुश भी था क्योंकि कहीं ना कहीं वह ख़ुद भी कसीनो के मुक़ाबले इन जगहों पर जाना ज़्यादा पसंद करता। उसने गाड़ी की स्क्रीन पर मैप चालू किया और गाड़ी बाहर निकाली।

अगले एक घंटे के अंदर उनकी गाड़ी डोना पाउला पहुँची। "लीजिए मैडम, आपके पहले पड़ाव पर पहुँच गए।" कहते हुए हर्ष ने गाड़ी रोक दी।

बिना कुछ कहे नताशा कार से बाहर निकली और दिशा-निर्देश के बोर्ड को पढ़ती चुपचाप चलती समंदर के किनारे एक बड़ी-सी चट्टान के पास जाकर रुक गई। उस पत्थर के आस-पास के पूरे इलाक़े को काफ़ी सलीके से साफ़-सुथरा और सजा-धजा कर रखा गया था। उस पत्थर तक जाने का रास्ता किसी ज़माने में शायद ऊबड़-खाबड़ रहा होगा या शायद वह रास्ता ही ना रहा हो। पर अभी पार्किंग से लेकर उस छोर तक पूरा रास्ता सपाट था और पूरे रास्ते पर टाइल्स लगी थीं जिससे किसी को भी चलने में असुविधा ना हो। रास्ते के दोनों तरफ़ छोटी-छोटी दुकानें थीं जहाँ खड़े दुकानदार पर्यटकों को विभिन्न साजो-सज्जा और खाने-पीने की चीज़ें जैसे हाथ से बने आभूषण, सीपों की माला, कई तरह की मूर्तियाँ, ठंडे पेय और

स्थानीय खाद्य पदार्थ बेचने की कोशिश कर रहे थे।

वहाँ मौजूद पर्यटकों की हँसी और उत्साह, दुकानदारों और स्थानीय टूरिस्ट गाइड की चहल-पहल और समंदर की लहरों की आवाज़ में घुलकर उस पूरे वातावरण को और भी जीवंत बना रहे थे।

"तुम कहीं भूल तो नहीं गईं कि हम साथ में घूमने निकले हैं? तुम तो ऐसे भाग आईं जैसे किसी ने तुम पर जादू-टोना कर दिया हो। मैंने तुम्हें आवाज़ भी लगाई पर तुम्हारा ध्यान कहीं और था।" पीछे से हर्ष की आवाज़ आई। वह हाँफ रहा था। गाड़ी पार्किंग में लगाकर वह उसके पीछे भागता हुआ आया था।

"सॉरी। मेरा ध्यान कहीं और था।" नताशा की निगाहें अब भी उस पत्थर पर टिकी थीं।

"ऐसा क्या है इस पत्थर में? ऐसे पत्थर तो हर जगह मौजूद हैं। तुम उस तरफ़ उठ रही समंदर की लहरों को देखो। आज पानी काफ़ी ऊपर है और लहरों के उतार-चढ़ाव को देखकर एक अलग ही आनंद महसूस होता है।" कहते हुए हर्ष ने दूसरी तरफ़ इशारा किया।

"या हर लहर यहाँ हुए गुनाहों की ख़ातिर जैसे इस जगह को ख़ुद में निगल लेना चाहती हो।" नताशा की नज़र अब भी उस पत्थर पर टिकी थी। हर्ष के कहने के बावजूद उसने निगाहें दूसरी तरफ़ नहीं घुमायी थीं।

"क्या मतलब?"

"तुम समझे नहीं। सोचो, कैसा रहा होगा वह दिन जब दो

प्रेमियों ने इस जगह को अपनी मृत्यु का स्थान चुना होगा। क्या उनके लिए यहाँ आना आसान रहा होगा? क्या किसी के देख लेने का डर नहीं लगा होगा?" कहती हुई नताशा अब हर्ष की तरफ़ पलटी। उसके चेहरे पर एक दर्द था। "और अब तुम ख़ुद देखो। हमने किसी की मौत को भी जश्न का सामान बना दिया। आस-पास के लोगों को देखो। उन्हें यहाँ हुई मृत्यु का दुख नहीं है, बल्कि उनके लिए यह एक सेल्फी पॉइंट है जहाँ पर फोटो खींचकर वे अपने सोशल मीडिया पर डाल सकें।" कहती हुई नताशा ने एक आह भरी। उसकी नज़र अभी सामने थोड़ी दूर पर खड़े पर्यटकों के एक समूह पर थी जहाँ हर कोई फोटो खिंचवाने की होड़ में जुटा था। "पर समंदर हम इंसानों जैसा नहीं है। उसने उन प्रेमियों का दर्द भी देखा होगा और आज यहाँ हो रही अश्लीलता को भी देख रहा है। तो तुम्हें नहीं लगता कि अगर तुम समंदर की जगह होते तो तुम्हें भी इस बेहूदगी पर इतना गुस्सा आता कि तुम इस पूरी जगह को ही निगल लेना चाहते? पर अफ़सोस, वह ऐसा कर नहीं पाता है।"

"अरे बाबा। मैं भी थोड़ा बहुत रोमांटिक क़िस्म का हूँ पर इश्क़ को लेकर इतना ज़्यादा जज़्बा मैंने अभी तक किसी में नहीं देखा। जो है और जैसा भी है, हमें समय के साथ ही चलना पड़ता है। तो जो आशिक़ गुज़र गए उन्हें उनकी क़िस्मत पर छोड़ दो। क्या पता शायद उनके नसीब में ऐसे ही मिलना लिखा हो। और अगर तुमने इस जगह को जी भर कर देख लिया हो तो आगे चलें? हमें और भी दो जगहों पर जाना बाक़ी है।" हर्ष ने घड़ी की तरफ़ इशारा करते हुए कहा।

उसकी बात सुनकर नताशा आगे बिना कुछ कहे वापस जाने के लिए पलटी। "चलो चलते हैं।" कहती हुई वह कार की तरफ़ बढ़ चली।

एक बार फिर उसे यूँ जाता देख, हर्ष को अजीब-सा लगा। वे दोनों साथ घूमने आए थे पर नताशा ख़ुद में खोई थी। पर उसने इस बार कोई आवाज़ नहीं लगाई और चुपचाप उसके पीछे चल पड़ा।

अगले कई मिनटों तक दोनों चुपचाप गाड़ी में सफ़र करते रहे।

"सॉरी।" कुछ दूर जाने के बाद जब आस-पास की भीड़ छँटी तो नताशा ने हर्ष की तरफ़ देखते हुए कहा।

"किस बात के लिए?" हर्ष का ध्यान रोड पर ही था।

"मुझे पता है, मेरा बर्ताव ठीक नहीं था। हम दोनों साथ घूमने आए थे और मैं ख़ुद में ही खोयी थी।" हर्ष के जवाब का इंतज़ार किए बिना उसने आगे बोलना चालू रखा। "तुम्हें एक बात बताऊँ?"

"बताओ।"

"मैं दिल से बेहद ही रोमांटिक क़िस्म की लड़की हूँ। भले ही मेरा बाहरी दुनिया को देखने का नज़रिया बेहद ही मॉडर्न है पर मैं दिल से अभी भी उस पुराने ज़माने के इश्क़ में यक़ीन रखती हूँ। कहते हैं आशिक़ मर जाते हैं पर अपने प्यार की ख़ुशबू छोड़ जाते हैं। इसलिए मैं जब भी कहीं ऐसी जगह पर जाती हूँ तो ना जाने मुझे क्या हो जाता है। मुझे ऐसा महसूस होता है कि उन आशिकों में से जैसे एक मैं हूँ। उनका दर्द मुझे

अपना लगने लगता है। मुझे मालूम है किसी को भी यह काफ़ी बचपना-सा लगेगा। इसलिए ऐसी जगहों पर मैं किसी से ज़्यादा बात नहीं करती। सॉरी अगर मैंने तुम्हें किसी तरीक़े से परेशान किया हो।" कहकर वह चुप हो गई।

"बिल्कुल भी नहीं। और थैंक यू।" हर्ष ने एक झलक उसकी तरफ़ पलटते हुए कहा।

"थैंक यू किस लिए?"

"मुझे इश्क़ की गहराइयों से वाक़िफ़ कराने के लिए। सच कहूँ तो मैंने कभी सपने में भी इश्क़ के बारे में इतनी बारीकी से नहीं सोचा था। मुझे ख़ुशी है कि मैं आज तुम्हारे साथ आया। अब देखते हैं तुम अगली जगह पर क्या नया बताने वाली हो।"

साउथ गोवा की छोटी-छोटी गलियों से होती हुई गाड़ी जब मेनेज़ेस हाउस के सामने आकर रुकी तो लगा जैसे वे किसी और ही दुनिया में पहुँच गए हों। घर के आस-पास का पूरा इलाका कई तरह के पेड़ों से भरा हुआ था। ऊँचे-ऊँचे नारियल और आम के पेड़ों के साथ मिलकर विभिन्न तरह के फूलों की झाड़ियाँ, घर के चारों ओर हरियाली का सुंदर दृश्य बना रही थीं। उन पेड़ों के पत्तों से छनकर सूरज की रोशनी ज़मीन पर झिलमिला रही थी पर उस झिलमिलाहट में भी एक अजीब-सी शीतलता का अहसास था। दोनों ने चुपचाप पूरे घर की सैर की।

घर के अंदर एक शांत वातावरण था। पुरानी लकड़ी और पॉलिश किए पीतल की हल्की सुगंध हवा में घुली हुई थी। हर कमरा अतीत की झलक दे रहा था। पुराने फर्नीचर, फीकी पड़

चुकी दीवारें और सजावटी आईनों को देखकर ऐसा प्रतीत होता था मानो वह कोई जीवित संग्रहालय हो।

वहाँ सब कुछ ऐसे सलीके से सँभालकर रखा हुआ था जैसे कई सौ साल पहले रहा होगा। नताशा ने एक-एक चीज़ को बारीकी से देखा। वह उन सब चीज़ों को देखकर ऐसे ख़ुश हो रही थी जैसे किसी छोटे बच्चे को उसका मनपसंद खिलौना मिल गया हो। देखते-देखते अगले दो घंटे और गुज़र गए।

"इस जगह को देखकर ऐसा नहीं लगता जैसे वक्त का एक झोंका इसे छूकर चला गया हो।" नताशा ने अपने मुँह में ब्रेड का एक टुकड़ा डालते हुए कहा। दोनों सैर के बाद, वहीं घर के बाहर गाड़ी में बैठकर अपने साथ लाए सैंडविच खा रहे थे।

"हाँ, एक अजीब-सा ठहराव था वहाँ। उस घर ने ना जाने क्या कुछ नहीं देखा होगा। सैकड़ों सालों में इंसान के भीतर धीरे-धीरे उभर रहे हर बारीक बदलाव का मूक गवाह रहा होगा यह घर। ख़ुशी है कि कम-से-कम यहाँ रहने वालों ने अपनी इस धरोहर को बचाकर रखने की कोशिश तो की। वरना आजकल तो जहाँ देखो वहाँ या तो पुराने घर खंडहर बन चुके हैं या टूटकर उनकी जगह बहुमंज़िला इमारतें उभर आई हैं।" हर्ष को भी उस जगह को देखकर बेहद आनंद का अनुभव हुआ था।

"ऐसे घर में रहने का मज़ा ही कुछ और होगा ना? शहर में तो हम सिर्फ़ इनके सपने देख सकते हैं।" नताशा ने जैसे उसके मन को पढ़ लिया हो।

"वह तो है। पर वक्त के साथ बदलना तो पड़ता है। और ऐसा घर सँभालने के लिए बहुत पैसे चाहिए जो सबके पास होते नहीं हैं।"

"यार, तुम अपनी दुनियादारी की बातों से मूड मत ख़राब करो। कहाँ मैं ख़्वाबों में खोयी हूँ और कहाँ तुम उसमें अपने रुपयों-पैसों का जोड़-घटाव लाकर मेरे ख़्वाबों की धज्जियाँ उड़ा रहे हो।" नताशा ने पानी का एक घूँट पीते हुए कहा। "अब चलो। इससे पहले कि तुम्हारी दुनियादारी की बातें मेरी ख़्वाबों की दुनिया ही ना उजाड़ दें।"

हर्ष ने हँसते हुए उसके हाथ से बोतल ली और पानी पीने लगा। नताशा सिर्फ उसे देखकर मुस्कुराती रही।

अगले कुछ घंटे कैसे गुज़रे उन्हें पता ही नहीं चला। नताशा ने अपने गानों की प्लेलिस्ट कार के स्टीरियो पर चला दी और दोनों उन गानों पर झूमते-गुनगुनाते अपने अगले पड़ाव की ओर बढ़ चले।

"कितनी मनोरम है यह जगह।" एक घंटे के बाद कार से उतरते वक्त हर्ष ने कहा।

सामने सुरला का प्रसिद्ध महादेव मंदिर था। मंदिर के पीछे लहलहाती हरियाली फैली हुई थी। तेरहवीं सदी में बना वह मंदिर इतिहास की एक धरोहर था जो किसी तरह बाहरी हमलों से बच पाया था और अब सरकार के संरक्षण में था। अच्छी देखभाल से आस-पास का इलाक़ा काफ़ी साफ़-सुथरा रखा गया था। मंदिर के परिसर में छोटी-छोटी घास उग आई थी जिसे बारीकी से सँवारा गया था। शाम हो चली थी और सूरज

ढल रहा था। शाम का सुनहरा प्रकाश मंदिर की प्राचीन दीवारों पर चमक रहा था। मौसम में एक हल्की-सी नमी के साथ पूरे वातावरण में एक अजीब-सी शांति और स्थिरता का एहसास था।

दोनों ने मंदिर में जाकर महादेव के दर्शन किए और फिर बाहर निकलकर द्वार के पास पत्थरों के ऊपर बैठकर सुस्ताने लगे।

नताशा की निगाह सामने लॉन में फुदकती दो गिलहरियों पर टिकी थी। दोनों गिलहरियाँ एक कोने से दूसरे कोने में फुदकती हुई आपस में खेल रही थीं।

पर सामने बैठे हर्ष की निगाह सिर्फ़ नताशा पर टिकी थी। कुछ तो बात थी नताशा में जो उसे अपनी तरफ़ खींच रही थी। पर अपनी दोस्ती की झिझक वह अभी भी पूरी तरह से नहीं छोड़ पा रहा था। नताशा के कहने पर वह उसके साथ आ तो गया था, साथ पूरे दिन घूम भी लिया। पूरा दिन कैसे निकल गया उसे पता भी नहीं चला। एक अजीब-सा सुकून था जितनी देर वह नताशा के साथ था। पर आगे क्या? इस बात का जवाब अभी भी उसके पास नहीं था।

अचानक नताशा ने अपनी नज़रें उसकी तरफ़ पलटीं। दोनों की निगाहें टकरायीं। उसकी निगाहों में भी कुछ था जैसे वह कुछ कहना चाह रही हो पर हर्ष को यूँ चुप देखकर वह भी चुप रही। दोनों एक-दूसरे की आँखों में खोए रहे।

"वापस चलें? नहीं तो हमें देर हो जाएगी।" थोड़ी देर बाद हर्ष ने नज़रें फेरते हुए कहा।

"हाँ।" नताशा ने आगे कुछ नहीं कहा और अपनी जगह पर उठ खड़ी हुई।

दोनों चुपचाप गाड़ी में सवार होकर वापसी के लिए बढ़ चले। पूरे रास्ते दोनों में से कोई कुछ नहीं बोला।

"नताशा, मैं कुछ कहना चाहता हूँ। पर समझ नहीं आ रहा कि कैसे कहूँ?" दो घंटे के बाद गाड़ी को रिसॉर्ट की पार्किंग में लगाते हुए हर्ष बोला। उसे मालूम था कि अब भी नहीं बोला तो शायद बहुत देर हो जाएगी।

"तुम कुछ कहो, इससे पहले एक सच मैं तुम्हें बताना चाहती हूँ। शायद इससे तुम्हें अपनी बात कहने में आसानी हो।" नताशा ने उसकी तरफ़ पलटते हुए कहा।

"हाँ।"

"देखो हर्ष, हम पिछले कुछ महीनों से शायद एक-दूसरे के बारे में थोड़ा बहुत जानते हैं। उतना ही जितना दुष्यंत ने हमें बताया होगा। पर कभी हमें साथ में बहुत ज़्यादा वक्त बिताने का मौक़ा ही नहीं मिला, जहाँ हम एक-दूसरे को ढंग से समझ पाते। पर पिछले एक हफ़्ते में मैंने जितना वक्त तुम्हारे साथ बिताया ख़ास करके आज का दिन, उससे मैं कह सकती हूँ कि मुझे तुम्हारे साथ वक्त बिताने में बेहद ख़ुशी और सुकून का एहसास होता है। पर यहाँ से वापस जाने के बाद तुम मेरे साथ कोई संबंध रखना चाहोगे या नहीं, यह मैं तुम पर छोड़ती हूँ। पर तुम्हारे कोई भी फ़ैसला लेने से पहले, एक बात है दुष्यंत और मेरे संबंध के बारे में, जो मैं चाहूँगी कि तुम्हें पता हो।" वह एक पल को ठहरी जैसे हर्ष को परख रही हो, पर सामने हर्ष

चुपचाप एकटक उसे देखे जा रहा था। उसे चुप देखकर नताशा ने आगे बोलना चालू रखा, "हाँ, यह सच है कि दुष्यंत और मैं एक डेटिंग साइट पर मिले और कई बार डेट पर भी गए, पर सच पूछो तो बाहरी हँसी-मज़ाक के अलावा हम कभी एक-दूसरे से जुड़ ही नहीं पाए। दुष्यंत बेहद रोमांटिक क़िस्म का इंसान है और मैं रोमांटिक हूँ पर साथ में मुझे दुनियादारी की भी उतनी ही चिंता रहती है। 3-4 महीने साथ वक्त बिताकर मुझे एहसास हो गया था कि हमारा साथ में कोई भविष्य नहीं हो सकता। मैं दुष्यंत से ब्रेकअप करने का सोच ही रही थी कि उसने वैलेंटाइन डे के उसके प्लान के बारे में बताया। उसने मुझे उसका सरप्राइज़ नहीं बताया था और मैं वैलेंटाइन डे पर उससे ब्रेकअप कर उसे दुख नहीं देना चाहती थी। तो मैंने सोचा कि वैलेंटाइन डे का उसका प्लान हो जाने के बाद एक-दो हफ़्ते में मैं उससे ब्रेकअप कर लूँगी। सच मानो अगर मुझे उसके सरप्राइज़ का पता होता तो मैं पहले ही उसे मना कर देती। पर वह क़िस्सा मेरे लिए उस दिन से बहुत पहले ख़त्म हो चुका था। अपना यहाँ मिलना शायद क़िस्मत का खेल होगा पर अब आगे क्या रास्ता चुनना है यह मैं तुम पर छोड़ती हूँ। मैं कल लौट रही हूँ पर मुझे ख़ुशी होगी अगर यह दिन यहीं पर ख़त्म ना हो।" कहकर वह चुप हो गई।

"एक बात पूछूँ?" हर्ष की निगाहें अब भी उस पर टिकी थीं।

"पूछो।"

"अगर मैं कहूँ कि मुझे भी तुम्हारे साथ वक्त बिताकर बेहद

सुकून का एहसास हुआ है और मैं भी चाहूँगा कि यहाँ से लौटते ही यह दिन ख़त्म ना हो। पर मैं बेहद ही प्रैक्टिकल इंसान हूँ और मैं चाहूँगा कि हमारी दोस्ती बनी रहे और फिर वक़्त के साथ हम क़िस्मत को अगला कदम चुनने का मौक़ा दें, तो तुम क्या कहोगी?"

"तो मैं कहूँगी कि यह बेहद ही उम्दा प्लान है। नई दोस्ती के नाम।" कहते हुए नताशा ने हाथ मिलाने के लिए हाथ आगे बढ़ाया।

"नई दोस्ती के नाम।" कहते हुए हर्ष ने उसका हाथ थाम लिया।

दोनों ने एक-दूसरे का हाथ यूँ कसकर थाम रखा था जैसे कि कभी ना छूटे। कहने को भले ही उन्होंने कुछ भी कह दिया हो, पर दिल से दोनों जानते थे कि शायद उन्हें उनका साथी मिल गया था।

बस अब सही वक्त के आने का इंतज़ार था।

अध्याय 9

जश्न

अगला एक महीना कहाँ गुज़र गया उन्हें पता ही नहीं चला।

वादे के मुताबिक, दुष्यंत ने वापस आकर सारे बचे काम को फटाफट निपटाना शुरू कर दिया था। हर्ष भी उसके बदले रवैये से ख़ुश था। पहले दो हफ़्तों में ही कई सारे ऑर्डर्स का काम पूरा हो गया था।

"अरे वाह! लगता है पेरिस में कोई और मिल गई है। आजकल जनाब के तेवर बिल्कुल बदले हुए-से हैं। दुखी देवदास से सीधा रोमांटिक हीरो की तरह मंद-मंद मुस्कुरा रहे हो। कौन मिल गई हमें भी तो बताओ? सारा दिन यह किसके मैसेज देखकर मुस्कुराते रहते हो?" एक दिन जब काम के बाद दोनों बैठे बियर पी रहे थे तो हर्ष ने पूछा। दुष्यंत सामने बैठा अवनी के मैसेज देखकर खुश हो रहा था।

"बता दूँगा। यह महीना रुक जा। जल्दी क्या है? अभी यह बताओ कि हमारे ऑर्डर्स का क्या हाल है?" दुष्यंत ने बात को कहीं और मोड़ने की कोशिश करते हुए कहा।

"तुम बात पलट रहे हो। खैर, आज नहीं तो कल नाम तो पता चल ही जाएगा। रही बात ऑर्डर्स की तो जनाब, आप अपना काम सही तरीके से करेंगे तो हमें भी ऑर्डर मिलेंगे ही। दो नए ऑर्डर मिले हैं। जल्द ही फंडिंग का इंतज़ाम करना पड़ेगा।"

"हो जाएगा। सब हो जाएगा। वक्त पर भरोसा रखो। किस्मत सब ठीक करेगी।" दुष्यंत को अब किस्मत पर पूरा यकीन होने लगा था। कहीं ना कहीं उसे अब अवनी में अपनी हमसफ़र नज़र आने लगी थी। दोनों लगातार मैसेज और फ़ोन कॉल पर एक-दूसरे से बातें करते थे पर मिले हुए उन्हें तीन हफ़्ते से ज़्यादा हो गया था। दोनों को अब अगले हफ़्ते अवनी के घर होने वाली पार्टी का इंतज़ार था।

कई दफ़ा हम सोचते कुछ और हैं पर होता कुछ और है और शायद वह न होता तो बेहतर होता। पर जो होनी में लिखा हो कोई उसे कैसे बदल सकता है।

आख़िर वह दिन आ ही गया जिसका दुष्यंत और अवनी को पिछले 1 महीने से इंतज़ार था। आज शाम को अवनी के घर पार्टी थी और दुष्यंत उत्सुकतावश पिछली रात से ही ठीक से सो नहीं पाया था।

"तुम आ रहे हो ना आज?" सुबह-सुबह अवनी का मैसेज दुष्यंत के मोबाइल पर चमका। फ़ोन की आवाज़ से ही उसकी नींद खुली थी। उसने भी अपने फ़ोन पर आज के लिए अलार्म लगा रखा था। वह किसी भी सूरत में आज ख़ुद को काम के बीच नहीं खोना चाहता था। पिछले दो सप्ताह से एक टेंडर के

पीछे वह और हर्ष दिन-रात काम कर रहे थे। न ऑफिस आने का कोई वक़्त था और न जाने का। कई रातें तो उन दोनों ने ऑफिस में ही बिताई थीं। वह काफ़ी बड़ा ऑर्डर था और उन्हें पूरी उम्मीद थी कि इस बार वह उन्हें ही मिलेगा। वे डेमो की तैयारी में दिन-रात एक कर चुके थे। कोई गलती की गुंजाइश ही नहीं थी।

अलार्म बजने पर आँख खुलते ही दुष्यंत उठकर बिस्तर पर बैठा ही था कि तभी अवनी का मैसेज आया था। वह मैसेज पढ़कर दुष्यंत के चेहरे पर एक बड़ी-सी मुस्कुराहट आ गई। अवनी भी उससे मिलने को उतनी ही आतुर थी जितना कि वह।

“तुम्हें लगता है आज कोई भी ताक़त मुझे तुम्हारे पास आने से रोक सकती है?” दुष्यंत ने स्माइली इमोजी के साथ वापस जवाब भेजा।

“अब यह तो शाम को ही पता चलेगा। टाइम पर आ जाना। मैं तुम्हें सबसे पहले अपनी बेस्ट फ्रेंड से मिलाऊँगी।”

“पक्का। शाम को मिलते हैं। अभी भागता हूँ। कुछ बचे हुए काम ऑफिस में निपटाने हैं।”

“ओके। सी यू।” अवनी का मैसेज हार्ट के इमोजी के साथ आया।

दुष्यंत ने भी हार्ट और स्माइली इमोजी मैसेज पर भेजा और बाथरूम की ओर भागा। आज उनका डेमो था।

आप चाहे जितना भी तेज़ भाग लो, होगा वही जो क़िस्मत में लिखा होगा। सुबह ऑफिस जाते वक्त दुष्यंत और हर्ष जिस

गाड़ी में जा रहे थे वह रास्ते में ख़राब हो गई। नतीजतन वे ऑफिस लेट पहुँचे। वहाँ जाकर पता चला कि उनके सर्वर में कुछ समस्या आ गई थी और उनका डेमो ठीक से नहीं चल पाया। उनके निवेदन पर उन्हें शाम तक की दोबारा मोहलत दी गई, पर दुष्यंत जानता था कि शायद अब बहुत देर हो गई थी और वह प्रोजेक्ट उनके हाथ से छूट गया था। पर वह हिम्मत नहीं हारना चाहता था। वह और हर्ष लगे रहे कि किसी तरह शाम तक डेमो फाइल को ठीक करके उसे भेज सकें। अब शायद किस्मत ही उन्हें बचा सकती थी। इस भाग-दौड़ में शाम के 6 कब बज गए, दुष्यंत को होश ही नहीं रहा।

"कहाँ तक पहुँचे हो?" 6 बजते ही अवनी का मैसेज आया जैसे वह बस घड़ी पर नज़र गड़ाए बैठी हो।

अवनी के मैसेज से दुष्यंत का ध्यान घड़ी की ओर गया। सामने अभी भी काफ़ी काम बाक़ी था। "सॉरी, मैं ऑफिस में अटक गया हूँ। मैं आऊंगा पर थोड़ी देर हो जाएगी।" दुष्यंत ने वापस मैसेज भेजा।

"ओह! जल्दी आना। आज मुझे तुम्हारी कमी कुछ ज़्यादा ही महसूस हो रही है। 1 महीने से तुम्हें देखा नहीं है।" अवनी का मैसेज आया हार्ट इमोजी के साथ।

दुष्यंत ने वापस हार्ट का इमोजी भेजा और काम में जुट गया।

अगले 2 घंटे कहाँ निकल गए पता ही नहीं चला। आख़िरकार 8 बजे के आस-पास वे किसी तरह डेमो फाइल ठीक करके भेज पाए। पर वे जानते थे कि प्रोजेक्ट भेजने की

अवधि 7 बजे की थी और अब उनका प्रोजेक्ट लिया जाएगा या नहीं इसका जवाब उन दोनों के पास नहीं था।

"पता नहीं अब वे लोग हमारा प्रोजेक्ट देखेंगे भी या नहीं।" दुष्यंत ने चिंता से कहा।

"किस्मत से ले लिया तो बढ़िया वरना अगली बार के लिए सबक रहा।" हर्ष ने हौसला-अफ़ज़ाई करते हुए जवाब दिया। "खैर छोड़। चलो दारू पीते हैं। पिछले 2 हफ़्तों की भाग-दौड़ से मैं बेहद थक गया हूँ।"

"आज नहीं भाई। आज मुझे कहीं जाना है। देर हो गई है। मुझे 6 बजे ही पहुँचना था।"

"अच्छा। ठीक है। तुम जाओ। मैं थोड़ी देर यहीं रुकूँगा। मैं ऑफिस बंद कर दूँगा।" हर्ष की आवाज़ में मायूसी साफ़ झलक रही थी। वह भले ही बहादुर दिखने की कोशिश कर रहा था पर उस डेमो के फेल होने से उसे भी काफ़ी मायूसी हुई थी। वह जानता था कि वह डेमो उनके लिए कितना मायने रखता था।

दुष्यंत को उसकी हालत दिख रही थी। कोई और दिन होता तो वह हर्ष को यूँ अकेला छोड़कर नहीं जाता। पर आज के लिए उसने अवनी से वादा किया था। और वह उससे किया अपना पहला ही वादा तोड़ना नहीं चाहता था। पर हर्ष भी उसका बेस्ट फ्रेंड था। जब उससे नहीं रहा गया तो दुष्यंत बोला, "सुनो, तुम मेरा यहीं इंतज़ार करो। मुझे जिससे मिलना है उससे मिलकर वापस यहीं आता हूँ। फिर साथ में दारू पीते हैं। ठीक है?"

"वह सब तो ठीक है पर यह है कौन जिसे मैं नहीं जानता और जिससे मिलने का जनाब इतनी बेसब्री से इंतज़ार कर रहे हैं।" हर्ष ने दुष्यंत की आँखों में झाँकते हुए पूछा।

"तुम से भी जल्द मिलवा दूँगा। अभी के लिए इतना जान लो कि मेरे लिए यह एक नई शुरुआत है। पेरिस ट्रिप पर कोई मिली और क़िस्मत से हम काफ़ी पास आ गए। आज वादे के मुताबिक हम एक महीने के बाद मिलने वाले हैं और यहीं से हमारी नई ज़िंदगी की शुरुआत होगी। उसके साथ ने ही पुरानी यादों से बाहर निकलने में मेरी मदद की।"

"अरे वाह! यह तो बहुत अच्छी बात है। इस बार प्लीज़ पिछली बार की तरह जल्दबाज़ी मत करना। पहले सब देख-समझ लो और तभी अगला कदम उठाना।" हर्ष ने मुस्कुराते हुए कहा।

दुष्यंत ने सिर्फ़ वापस मुस्कुरा दिया और बाहर की तरफ़ निकल पड़ा। वह हर्ष को बता नहीं पाया कि वह अवनी से साथ का वादा पहले ही कर चुका था। उसे इस बार सब सही होने की पूरी उम्मीद थी।

जब तक दुष्यंत ऑफिस से निकल पाया, रात के 9 बज गए थे। उधर अवनी के घर पर सारे मेहमान आ चुके थे। बियर और वाइन के कई दौर के बाद लोग अब कमरे में बज रहे मद्धम संगीत पर झूम रहे थे। कुछ लोग छोटे-छोटे झुंड में बैठे बातें कर रहे थे। मेज़बान होने के नाते अवनी अलग-अलग लोगों से थोड़ी-थोड़ी देर घुल-मिलकर बातें कर रही थी पर उसका

सारा ध्यान मोबाइल पर टिका था। उसे दुष्यंत के मैसेज का बेसब्री से इंतज़ार था। दुष्यंत ने कुछ देर पहले मैसेज किया था कि ऑफिस में काम फंस जाने की वजह से उसे देर हो रही थी और वह जल्द ही पहुँचने वाला था। अवनी ने मोबाइल उठाकर वापस देखा। उस पर कोई नया मैसेज नहीं आया था।

"कब तक आने वाला है तेरा हीरो?" पीछे से आई आवाज़ से वह एक पल के लिए हड़बड़ा गई। कोई पीछे से आकर उससे लिपट गया था।

अवनी ने सिर्फ़ मुस्कुराते हुए मोबाइल बाज़ू की मेज़ पर रख दिया। वह जानती थी कि उसके गले में हाथ डाले उसकी बेस्ट फ्रेंड खड़ी थी। "रास्ते में है। बस आ ही रहा है।"

"वाह! क्या बात है। एकदम हीरो के स्टाइल में एंट्री मार रहा है। सब जमा हो चुके हैं और फिर उसकी धमाकेदार एंट्री होगी।" उसकी दोस्त ने हँसते हुए कहा। "लगता है तुम लोगों ने सब प्लान किया हुआ है।"

"ऐसा कुछ नहीं है। उसे ऑफिस में देर हो गई। कुछ काम फंस गया था वरना वह 6 बजे ही आने वाला था।" अवनी ने आज उसे दुष्यंत से मिलाने का वादा किया था। पर दुष्यंत के बारे में कुछ नहीं बताया था और उसे सरप्राइज़ रखा था। दरअसल अवनी भी देखना चाहती थी कि दुष्यंत आने वाला था या नहीं। अगर दुष्यंत का इरादा पिछले एक महीने में बदलता तो वह उसके बारे में बात करके लोगों की सहानुभूति का पात्र नहीं बनना चाहती थी। पिछली बार कॉलेज में उसका एकतरफ़ा प्यार उसके सभी दोस्तों को पता था और जब उसका

दिल टूटा तो कई पार्टियों में उसके दोस्त बस उसी बारे में बात करते रहे थे। इस बार वह ऐसा नहीं करना चाहती थी। इसलिए उसने सिर्फ़ अपनी बेस्ट फ्रेंड को ही दुष्यंत के बारे में बताया पर कोई भी जानकारी नहीं दी, यहाँ तक कि नाम भी नहीं बताया। वह दुष्यंत के पार्टी में आने पर ही उसे सबसे मिलवाना चाहती थी।

"यार, पिछले 3 घंटों से वाइन पीकर मुझे अब थोड़ी-सी चढ़ने लगी है। अब और पिऊँगी तो नशे में बेहोश हो जाऊँगी। और यहाँ लोगों से बातें करके अब मैं बोर होने लगी हूँ। मैं बस तेरे हीरो का इंतज़ार कर रही हूँ। एक बार उसके दर्शन हो जाएं तो मैं घर के लिए निकलूँ।"

"बस थोड़ी देर और। वह बस पहुँचने वाला होगा।"

"चल ठीक है। तब तक अपनी ट्रिप के फोटो ही दिखा दे।"

"अवनी।" तभी किसी ने दरवाज़े के पास से आवाज़ लगाई। "बिल्डिंग की सिक्योरिटी का फ़ोन आया है, कोई आया है तुमसे मिलने। वह ऊपर आ रहा है।"

"लगता है वह आ गया है। मैं उसे लेकर आती हूँ। यह ले तब तक तू ट्रिप के फोटो देख। पिछले एक महीने में काम की भाग-दौड़ में मैंने भी अभी तक सारे फोटो देखे नहीं हैं। अगले हफ़्ते मैं अच्छे फोटो छाँटकर फिर इंस्टाग्राम पर पोस्ट करूँगी।" कहते हुए अवनी ने अपने मोबाइल में लॉक का पासवर्ड डालकर फ़ोन खोलकर अपनी दोस्त की तरफ़ बढ़ाया और हड़बड़ाकर लिफ्ट की ओर भागी। दुष्यंत की एक झलक पाने को वह बेताब हो रही थी और सबसे पहले वह उसे देखना

चाहती थी और तभी बाक़ी सबसे मिलवाना चाहती थी।

पर कभी-कभी हड़बड़ाहट में की गई चूक की क़ीमत बहुत महँगी पड़ जाती है। उस वक्त अवनी को एहसास ही नहीं था कि अगले चंद मिनटों में उसकी जिंदगी में कैसा भूचाल आने वाला था।

इधर अवनी की दोस्त उसके फ़ोन पर फोटो देखने में व्यस्त थी उधर अवनी लपककर लिफ्ट से नीचे पहुंची।

"तुम आए।" कहते हुए वह दुष्यंत से लिपट गई। उसके भीतर भावनाओं का तूफ़ान उठ रहा था। उसका दिल इतनी तेज़ी से धड़क रहा था कि उसे लगा शायद आस-पास मौजूद लोगों को भी उस धड़कन की आवाज़ सुनाई दे रही हो। खुशी, अविश्वास और उत्साह की लहरें एक साथ उसे भीतर तक झकझोर रही थीं।

कहीं ना कहीं उसे पिछले एक महीने से इस एक पल तक यह डर भी सता रहा था कि कहीं दुष्यंत का मन बदल जाए और वह नहीं आया तो। इसी वजह से उसने ट्रिप के फोटो भी नहीं छाँटे थे। अगर दुष्यंत नहीं आता तो वह उसकी कोई भी तस्वीर अपने पास रखकर उसकी यादों का बोझ नहीं ढोना चाहती थी।

"कैसे नहीं आता? वैसे लगता है तुम्हें भरोसा नहीं था कि मैं आऊँगा।" दुष्यंत ने भी उसे गले लगाते हुए कहा।

"ऐसी बात नहीं है। पिछले एक महीने से तुम्हारे इंतज़ार की बेसब्री बर्दाश्त नहीं हो रही थी। खैर तुम आ गए हो। बस अब जाकर सुकून मिला। चलो मैं तुम्हें अपने सभी दोस्तों से

मिलवाती हूँ, ख़ासकर अपनी बेस्ट फ्रेंड से जिसने तुम्हारे बारे में पूछ-पूछकर जान मार रखी है। मैंने अभी तक तुम्हें एक सरप्राइज़ की तरह रखा हुआ है और वे सभी ऊपर तुम्हारा इंतज़ार कर रहे हैं।" कहती हुई अवनी ने दुष्यंत का हाथ पकड़ा और लिफ्ट से ऊपर अपने फ्लैट की तरफ़ बढ़ चली।

अवनी की दोस्त फ्लैट के अंदर दरवाज़े के पास खड़ी अब तक काफ़ी सारे फोटो देख चुकी थी। वह धीरे-धीरे बाक़ी सारे फोटो पलट रही थीं कि अचानक एक वीडियो पर आकर रुकी। उस वीडियो में कुछ ऐसा था जिससे भूचाल आने वाला था। दरअसल वह वीडियो अवनी और दुष्यंत ने उस रात नशे की हालत में बिस्तर पर बनाया था और अगले दिन सुबह उन्हें उसके बारे में याद भी नहीं था। अवनी की दोस्त ने उस वीडियो को चालू किया। उसमें अवनी और दुष्यंत कंबल के अंदर एक-दूसरे से लिपटे लेटे पड़े थे। सिर्फ़ उनकी शक्ल दिख रही थी। उनकी शक्ल दिखते ही उसके मुँह से वह नाम निकला, "दुष्यंत।"

तभी अवनी ने बाहर से दरवाजा खोला और दुष्यंत को अवनी की दोस्त सामने नज़र आई और दुष्यंत के मुँह से वह नाम निकला, "नताशा।"

अवनी की बेस्ट फ्रेंड नताशा थी।

एक पल के लिए दोनों भौचक्के खड़े रहे। दुष्यंत के मुँह से नताशा का नाम सुनकर और उन दोनों के चेहरे से उतरे रंग को देखकर अवनी को भी उन दोनों के बीच की सच्चाई को समझते देर नहीं लगी। पर फिर नताशा ने जो कहा उससे तो

अवनी और दुष्यंत दोनों के होश उड़ गए।

"क्या खूब गेम खेला है तुमने अवनी। मानना पड़ेगा। एक डायन भी सात घर छोड़कर शिकार करती है पर तुमने तो अपनी बेस्ट फ्रेंड को ही डस लिया। साँप कहीं की!" नताशा का चेहरा गुस्से से तमतमा रहा था। उसने चीखते हुए अवनी की तरफ़ उँगली दिखाकर कहा।

उसकी आवाज़ सुनकर एक पल के लिए कमरे में ख़ामोशी फ़ैल गई। सबकी नज़र दरवाज़े पर आकर टिक गई जहाँ अवनी, नताशा और दुष्यंत खड़े थे।

"कैसा गेम?" अवनी ने संयम से जवाब दिया। "मुझे लगता है कि कुछ गलतफहमी है। हमें बैठकर बात करनी चाहिए।"

"काहे की गलतफहमी! कॉलेज में जो तेरे साथ हुआ उसके बाद जलन के मारे तूने मेरे ही रिलेशनशिप को बर्बाद कर दिया और ऊपर से दुष्यंत को ही फाँसकर मुझे जलाने के लिए उसे यहाँ बुलाया।"

दुष्यंत को अभी भी कुछ समझ नहीं आ रहा था। उसने सवालों भरी निगाह से अवनी की तरफ़ देखा। अवनी की निगाह अभी भी नताशा पर टिकी थी। उसकी आँखों में एक अजीब-सा भय दिख रहा था जैसे किसी भी वक्त उसकी दुनिया धराशायी हो जाने वाली थी।

"उसकी तरफ़ क्या देख रहे हो दुष्यंत। मैं तुम्हें सच्चाई बताती हूँ। सच्चाई यह है कि तुम और मैं कुछ महीनों पहले तक साथ थे और तुमने मुझे प्रपोज़ भी किया था। याद है ना!"

"हाँ, जो तुमने ठुकरा दिया था।" दुष्यंत ने तिरछी निगाह

से नताशा की तरफ़ देखा। नताशा को देखते ही उसका गुस्सा वापस सातवें आसमान पर पहुँच गया था।

“पर किस तरह ठुकराया था जिससे तुम्हें इतनी तकलीफ़ पहुँची, वह सब इस अवनी के कहने पर किया था।” नताशा ने वापस अवनी की तरफ़ उँगली दिखाते हुए कहा।

“क्या?” दुष्यंत को अब कुछ समझ नहीं आ रहा था।

“हाँ, यह सच है कि तुम्हारे अचानक प्रपोज़ करने से मैं थोड़ा हड़बड़ा गई थी और तुरंत निर्णय नहीं ले पायी। अगले दिन मैं सोच ही रही थी कि तुम्हें कैसे समझाऊँ जिससे तुम्हारे दिल को ठेस ना पहुँचे कि मेरे से एक गलती हो गई। मैंने इसे अपना दोस्त समझा और इससे सलाह ले ली। इस मैडम ने मौक़े का फ़ायदा उठाकर अपना बदला पूरा करने की ठानी। इसने मेरी मति भ्रष्ट कर दी और समझाया कि बस 6 महीने की मुलाक़ात में हम किसी के साथ ज़िन्दगी जीने का फ़ैसला नहीं ले सकते। और तुम्हें ज़रूर कोई नहीं मिला होगा इसलिए तुम मुझे फाँसना चाहते हो। इसके समझाने पर ही मैंने तुम्हें ब्लॉक किया था और अब देखो एक हफ़्ते की मुलाक़ात में ये मैडम इतनी बेतकल्लुफ़ हो गई है कि बिस्तर पर वीडियो बना रही है।” कहते हुए नताशा ने वह वीडियो चालू कर दिया और उसे दुष्यंत की आँखों के सामने से घुमाती हुई बाक़ी लोगों की ओर मोड़ दिया।

“प्लीज़ मेरा फ़ोन वापस दो।” अवनी लगभग गिड़गिड़ाती हुई नताशा से बोली।

नताशा ने फ़ोन उसके सामने ज़मीन पर पटक दिया।

"आज के बाद दोबारा अपनी शक्ल मत दिखाना।" कहते हुए वह दरवाज़े को ज़ोर से धक्का देती हुई बाहर निकली। दरवाज़े पर वह एक पल को रुकी और दुष्यंत की तरफ़ पलटी, "जो हुआ उसके लिए सॉरी। अगर मैं इस साँप की बात नहीं सुनती तो कम-से-कम आज हम दोस्त होते। इसका असली रंग देखकर मैं अब और यहाँ नहीं रुक सकती और मैं जा रही हूँ। तुम मेरे साथ ना भी आना चाहो तो कोई बात नहीं पर इस साँप से बचकर रहना।" कहती हुई फनफनाती वह गुस्से से बाहर निकली।

"तुमने बिस्तर पर हमारी वीडियो बनाई। किसलिए? मुझे ब्लैकमेल करने के लिए कि कहीं अगर मैं इस रिश्ते के लिए हाँ ना कहूँ तो तुम मुझे ब्लैकमेल कर सको।" दुष्यंत को अब भी अपनी आँखों पर यक़ीन नहीं हो रहा था। उसने जो अवनी के साथ आने वाले जीवन के सपने देखे थे वे सब एक पल में धराशायी हो रहे थे। "तुम इतनी गिरी हुई हो मुझे पता नहीं था। सिर्फ़ नताशा से जलन के मारे तुमने मेरे से उसका ब्रेकअप करवाया और फिर मेरे साथ बिस्तर पर लिपटकर वीडियो बनाया। छी। मुझे तो तुम्हारे चरित्र के बारे में सोचते हुए भी घिन आ रही है। आज के बाद मुझे कभी भी अपनी शक्ल मत दिखाना या मेरे से मिलने की कोशिश मत करना। थोड़ी भी अगर शर्म बची हो तो वह वीडियो डिलीट कर देना।" कहते हुए दुष्यंत भी बाहर निकल गया। उसके पीछे एक-एक करके सारे मेहमान बिना कुछ कहे निकल गए।

अवनी वहीं दरवाजे के पास स्तब्ध बैठी रही। एक पल में

उसकी दुनिया उजड़ गई थी। उसके बाज़ू में उसका टूटा फ़ोन पड़ा था जिसके साथ उसके सपनों के भी कई टुकड़े हो गए थे।

अध्याय 10

फ़ैमिली बिज़नेस

"भाई, तुम्हारी पापा से कुछ बात हुई है क्या?" आयशा ने सामने पड़ी कॉफ़ी की चुस्की लेते हुए पूछा।

आयशा और हर्ष शनिवार की शाम को अपनी पसंदीदा कॉफ़ी शॉप में बैठे मौसम और कॉफ़ी का लुत्फ़ ले रहे थे। यह उन दोनों का हर हफ़्ते का प्रोग्राम होता था। दोनों पूरे हफ़्ते भले ही कितने भी व्यस्त हों पर हफ़्ते में एक बार साथ में कॉफ़ी पीना नहीं भूलते थे। आज भी दोनों वहाँ बैठे हुए इधर-उधर की बातें कर रहे थे जब आयशा ने पूछा।

"नहीं, क्यों क्या हुआ?" आयशा के सवाल से हर्ष के कान खड़े हो गए।

"नहीं, बस ऐसे ही।"

"तुझे पता है हम यहाँ कब से आ रहे हैं?" हर्ष ने खिड़की से बाहर की तरफ़ देखते हुए पूछा। बाहर ठंडी हवा बह रही थी।

"याद नहीं है। ना जाने कितने सालों से।"

"तू ना, इतनी-सी थी।" हर्ष ने अपनी कमर पर हाथ रखते हुए कहा। "मुझे आज भी वह दिन याद है। तूने किसी बात पर घर में बवाल मचा रखा था। थक-हारकर मम्मी-पापा हम दोनों को लेकर यहाँ आ गए। यहाँ की ठंडी हवा और कॉफ़ी की चुस्की लेकर तेरा मूड खिल उठा था। उस दिन तो मम्मी-पापा बहुत खुश थे पर उसके बाद तूने हर हफ़्ते यहाँ आने की ज़िद बाँध ली। कुछ साल तो वे दोनों हमें लेकर आते रहे पर आख़िरकार थककर उन्होंने यह ज़िम्मा मुझे सौंप दिया। उसके बाद हर हफ़्ते मैं तुझे यहाँ लेकर आता हूँ और यहाँ बैठता हूँ जब तक कि मैडम का मूड खिल ना उठे।"

"अच्छा! जैसे तुम्हें यहाँ आना पसंद नहीं आता हो। झूठ तो मत ही बोलो। मेरे बहाने तुम्हें हर हफ़्ते यहाँ आकर कॉफ़ी पीने को मिलती थी, उसका क्या? वैसे तुमने यह सवाल क्यों पूछा?" आयशा ने हँसते हुए कहा।

"इसलिए पूछा कि तुम्हें एहसास हो जाए कि मैं तुम्हें तब से जानता हूँ जब से शायद तुम ख़ुद को नहीं जानती हो। तो बात को घुमा मत। सीधे-सीधे बता कि घर पर क्या चल रहा है? मम्मी-पापा का कुछ झगड़ा हुआ है क्या?" हर्ष को आयशा की शक्ल देखकर पता था कि कुछ तो बात थी वरना वह ऐसे नहीं पूछती।

"तुम मेरा नाम मत लेना वरना मुझे बेकार में डाँट पड़ेगी। पिछले कुछ दिनों से बस मुझे ऐसा लगा जैसे सब ठीक नहीं है। पापा किसी बात को लेकर परेशान रहते हैं। वे आजकल काफ़ी चुप रहने लगे हैं। तुम पापा को जानते हो, वे हर बात में

मज़ाक करने वाले ज़िंदादिल इंसान हैं। ऐसा इंसान तभी चुप हो सकता है जब कुछ गड़बड़ हो। मैंने माँ से भी पूछने की कोशिश की पर उसने बस हँसकर टाल दिया। पापा से कुछ पूछने की मेरी हिम्मत नहीं है। हो सके तो तुम एक बार पूछकर देखो। शायद तुम्हें बता दें।"

आयशा की बात सुनकर हर्ष का मन विचलित हो उठा। वह जानता था कि उसके पापा उन दोनों से बेहद प्यार करते थे और कोई भी परेशानी अपने बच्चों तक नहीं आने देते। पर अब वह बड़ा हो गया था और उसका भी अपने घर की तरफ़ कुछ फ़र्ज़ बनता था। यह और बात थी कि पिछले कई सालों से अपने स्टार्टअप में व्यस्त होने की वजह से वह घर की कंपनी पर ध्यान नहीं दे पा रहा था।

"बेटा, थोड़ा वक्त घर के धंधे के लिए भी निकालो। उम्र होती जा रही है। अब हमारा क्या भरोसा। आज हैं, कल नहीं।" कभी-कभी उसके पापा मज़ाक में उससे कह दिया करते थे।

"पापा, बस एक-दो साल की बात है। हमारा काम काफ़ी हद तक पटरी पर आ चुका है। एक बार यह ढंग से चलने लगे, बस फिर मैं फ्री होकर आपके साथ ऑफिस चलूँगा। और तब तक आप और चाचा तो हैं ही।" कहकर हर्ष टाल दिया करता।

देखते-देखते इस बात को पाँच साल गुज़र गए। दुष्यंत और वह मिलकर हरसंभव कोशिश कर रहे थे पर उन्हें अभी तक कोई ऐसा निवेशक नहीं मिला था जो उनके सपनों पर दाँव लगाने को तैयार हो। जितना वे अभी तक महीने का कमा

पा रहे थे उससे बस उनका गुज़ारा निकल रहा था। पर उन्होंने हिम्मत नहीं हारी थी।

"देखना, बस कुछ और दिन की बात है। मुझे पूरा यक़ीन है कि जल्द ही हमें कोई ना कोई बड़ा निवेशक मिल जाएगा।" दुष्यंत उसका हौसला बढ़ाने की कोशिश करता जब भी हर्ष हिम्मत हारने लगता।

हर्ष अपने ख्यालों में खोया था। उसे यूँ गुमसुम देख आयशा वापस बोल पड़ी, "कहाँ खो गए? अब तुम मत परेशान हो जाओ। आराम से पापा से बात कर लेना। मुझे यक़ीन है जो भी परेशानी है, वे पापा सँभाल लेंगे। तुमको बताकर बस शायद उनका मन हल्का हो जाए।"

"हाँ, मैं कल घर आने वाला हूँ। तब बात करता हूँ। चल अब निकलते हैं, तुझे घर पहुँचने में देर हो जाएगी।"

कॉफ़ी शॉप से निकलकर दोनों अपने रास्ते पर बढ़ चले।

पर पूरी रात आयशा की बात हर्ष को परेशान करती रही। "क्या सचमुच कोई बात है जो उसके पापा को परेशान कर रही थी? एक बेटा होने के नाते क्या यह उसका फ़र्ज़ नहीं था कि वह उनकी परेशानी में उनका हाथ बँटाए?" सोचते हुए ना जाने कब उसे नींद आ गई।

अगले दिन सुबह उठकर वह सीधे घर की ओर भागा। रविवार का दिन था तो उसे पूरी उम्मीद थी कि पापा घर पर ही होंगे। वे किसी भी रविवार बाहर नहीं जाते थे। "हफ़्ते का एक दिन परिवार का दिन होता है। तो अगर इस दिन भी काम करके निकाल लिया तो इस ज़िन्दगी का क्या फ़ायदा?" वे हँसते हुए

कहते थे।

"पापा।" आवाज़ लगाता हुआ हर्ष घर में घुसा। पर कोई जवाब नहीं आया।

"पापा।" उसने फिर आवाज़ लगाई।

"अरे बेटा। आज इतनी जल्दी? सब ठीक है ना?" उसकी आवाज़ सुनकर उसकी माँ किचन से निकलकर बाहर आईं।

"हाँ माँ, सब ठीक है। आज नींद जल्दी खुल गई तो सोचा जल्दी आ जाता हूँ।" उसने झूठ बोला। "पापा किधर हैं, दिखाई नहीं दे रहे हैं।"

"बेटा, वे तो ऑफिस गए हैं। कह रहे थे कुछ ज़रूरी काम है।"

"आज संडे को? पापा तो कभी संडे को ऑफिस नहीं जाते थे।" हर्ष को अब यक़ीन होने लगा था कि कुछ गड़बड़ था। पर क्या, अब उसे उस बात का पता लगाना था।

"पता नहीं। आ जाएँगे। तू बैठ, मैं कुछ खाने को लेकर आती हूँ।" उसकी माँ ने बात को बदलते हुए कहा।

"माँ, बात को बदलो मत। क्या बात है? मुझे सच-सच बताओ। पापा कहाँ गए हैं और क्यों?"

"बेटा, कह के तो ऑफिस ही गए हैं, पर क्यों यह नहीं पता। पिछले कई संडे से वे ऑफिस जा रहे हैं। मैंने पूछा भी तो कहने लगे अकेले घर में बैठकर बोर हो जाता हूँ, ऑफिस जाकर थोड़ी देर वक्त भी कट जाएगा और कुछ ज़रूरी काम हैं वे भी पूरे कर लूँगा। दोपहर तक घर वापस आ जाऊँगा। उन्हें घर आने दे, बाक़ी बातें विस्तार से तू ख़ुद ही पूछ लेना।"

"माँ, मैं थोड़ी देर में आता हूँ।" कहता हुआ हर्ष बाहर की ओर भागा।

"अरे सुन तो...." उसकी माँ ने पीछे से आवाज़ लगाई।

पर उनकी बात सुनने से पहले हर्ष गाड़ी में बैठकर बाहर निकल चुका था।

एक घंटे के बाद हर्ष अपने पापा के ऑफिस में उनके सामने बैठा था। वह थोड़ी देर पहले ही पहुँचा था। ऑफिस में काफ़ी गहमागहमी थी। उसे वहाँ देखकर कुछ लोगों के चेहरे पर आश्चर्य के भाव उभर आए थे।

"अरे, तुम यहाँ कैसे? आओ बैठो। सब खैरियत?" उसके पापा ने उसे देखकर आश्चर्य से पूछा था।

"मैं तो ठीक हूँ। आप बताओ क्या चल रहा है? आप तो कभी संडे को काम नहीं करते थे फिर पिछले कुछ हफ़्तों से क्या हुआ है?" हर्ष ने बैठते ही सीधे मुद्दे की बात छेड़ी।

"कुछ ख़ास नहीं। कुछ ज़रूरी प्रोजेक्ट पर काम चल रहा है। और तुम भी घर पर कई संडे से नहीं आ रहे थे तो मुझे घर पर अकेले बैठे बोरियत महसूस हो रही थी। तो सोचा तेरी माँ से बेकार की बातों पर बहस करने की बजाय ऑफिस आकर काम ख़त्म करता हूँ।" हर्ष के पापा ने खिलखिलाते हुए कहा।

"पापा, मैं छोटा हूँ पर बेवक़ूफ़ नहीं। क्या बात है? मुझे सच बताइए।" हर्ष को अब आत्मग्लानि हो रही थी। वह अपने काम के सिलसिले में पिछले कई हफ़्तों से संडे को घर नहीं आ पाया था।

"तुम्हें किसने बोला... आयशा ने या तुम्हारी माँ ने? इन

औरतों को समझ तो आती नहीं। कुछ भी बोलती रहती हैं। तुम कुछ पियोगे या घर के लिए निकलें?" उसके पापा ने बात बदलते हुए पूछा।

"बात मत बदलिए। पहले सब सच-सच बताइए। उसके बाद हम घर चलते हैं।" हर्ष बिना सच्चाई जाने किसी हालत में वहाँ से हिलने वाला नहीं था।

उसके पापा ने कुछ पल के लिए हर्ष की आँखों में झाँककर देखा। फिर एक लंबी आह भरते हुए बोले, "तुम क्या करोगे जानकर? तुम ख़ुद इतना व्यस्त रहते हो अपने काम में कि घर आने की भी फुर्सत नहीं है। फिर इस बिज़नेस की परेशानी का तुम क्या करोगे?"

"क्या करना है वह बाद में बात करते हैं। पहले यह बताइए कि क्या परेशानी है?"

"ठीक है। तो सुनो, तुम्हारे चाचा ने बँटवारे की ज़िद पकड़ ली है। बाप-दादा के बसाए इस धंधे में बँटवारा होगा, यह मैंने कभी सोचा भी नहीं था। पर जब तेरा चाचा नहीं माना, तो उसको उसका सही हिस्सा देने के लिए हमने सारे प्रोजेक्ट का हिसाब-किताब पलटना चालू किया।"

"तो इसमें क्या दिक़्क़त है? बँटवारा तो हर बिज़नेस में होता है। दे दीजिए उन्हें उनका जायज़ हिस्सा।"

"कुछ देने के लिए हो तब ना दूँ।"

"क्या मतलब?"

"मतलब यह कि सारे हिसाब में गड़बड़ है। हम जितना खोद रहे हैं, उतनी और ज़्यादा गड़बड़ मिल रही है। तुम्हारे

चाचा के ग़लत फैसलों की वजह से बिज़नेस में बहुत नुक़सान हुआ है। जब तक वह छिपा सकता था तब तक छिपाया। जब नहीं हो पाया तब बँटवारा करके इस मुसीबत से छुटकारा पाने की कोशिश कर रहा है। इस परिस्थिति में अगर मैंने सच्चाई बताई तो तुम्हारे चाचा यानी मेरा छोटा भाई जेल जाएगा। अगर नहीं बताई तो सारे प्रोजेक्ट अगले एक साल के अंदर पैसों की कमी के कारण ठप्प पड़ जाएँगे, जिसकी वजह से मैं जेल जाऊँगा। अब तुम ही बताओ इस हालात में मैं क्या करूँ?" कहते हुए उसके पापा ने अपना सिर पकड़ लिया। "पिछले कई हफ़्तों से हम कोशिश में जुटे हैं कि कहीं से कुछ रक़म का इंतज़ाम हो सके ताकि इस मुसीबत से छुटकारा मिले। पर अभी तक कोई सफलता नहीं मिली है।"

हर्ष वहाँ बैठा सिर्फ़ अपने पापा को देखता रहा। अगर आयशा ने उसे नहीं बताया होता तो अगले कुछ महीनों में ना जाने क्या अनर्थ हो जाता।

"तुम घर जाओ। तुम्हारी माँ तुम्हें देखकर ख़ुश हो जाएगी। मैं थोड़ी देर में आता हूँ।" हर्ष को यूँ चुप देखकर उसके पापा ने कहा।

"नहीं। आप घर जाओ। मैं थोड़ी देर में आता हूँ।"

"क्या मतलब?"

"मतलब यह कि कल से मैं आपके साथ यहाँ ऑफिस आ रहा हूँ। मिलकर हम चाचा और इस कंपनी दोनों को बचाने का कोई ना कोई रास्ता निकाल लेंगे। अभी मुझे थोड़ी देर यहाँ बैठकर हिसाब-किताब समझने दीजिए।" कहते हुए हर्ष

अपनी जगह से उठा और पापा को गले लगा लिया।

"नहीं, दोनों साथ में निकलते हैं। तुम आ गए, मेरे लिए इतना ही काफ़ी है। कल से साथ बैठकर हिसाब देखते हैं।" कहते हुए हर्ष के पापा अपनी जगह से उठे और हाथ पकड़कर उसे भी उठाया।

थोड़ी देर बाद दोनों ऑफिस के कुछ बचे काम निपटाकर घर के लिए निकले।

"पर जो भी कहो। चाचा निकले बहुत स्मार्ट। घपले किए और जब नहीं सँभाल सके तो चुपके से भागने की फ़िराक़ में हैं।" हर्ष ने ऑफिस से बाहर निकलते वक्त चुटकी लेते हुए कहा।

"अब ख़ून किसका है? तेरे दादाजी का। तो चालाक तो होगा ही। पर क्या करूँ। अपना भाई है, उसे जेल भी तो नहीं भेज सकता।" उसके पापा ने हँसते हुए कहा और दोनों गाड़ी में सवार होकर घर के लिए निकल पड़े।

रास्ते भर हर्ष सोचता रहा कि ये ख़ून के रिश्ते भी क्या अजीब होते हैं। कल उसे अपने पापा की चिंता हो रही थी और यहाँ उसके पापा अपने भाई की चिंता में बेचैन थे। वह जानता था कि कुछ भी हो जाए पर उसके पापा परिवार पर कोई आँच नहीं आने देंगे और अपने भाई को कभी जेल नहीं भिजवाएँगे। पर इसका मतलब यह भी था कि अगले एक साल में शायद उसके पापा मुसीबत में आ सकते थे। "नहीं, मैं यह होने नहीं दूँगा। चाहे इसके लिए कुछ भी करना पड़े।" हर्ष ने ख़ुद से मन ही मन वादा किया।

अध्याय 11

स्टार्टअप की जंग

अगले एक महीने तक हर्ष सुबह से शाम तक अपने पापा के ऑफिस में फाइलों में खोया रहा। उसने कितनी भी कोशिश की पर उसे उस परेशानी से बाहर निकलने का कोई रास्ता नज़र नहीं आ रहा था। कंपनी बंद करके भी वे लोग बच नहीं सकते थे। जल्द ही किसी ने उनकी कंपनी में निवेश नहीं किया तो सारे प्रोजेक्ट 6 महीने में ठप्प पड़ सकते थे। और उनका हिसाब-किताब जिस हालत में था, उस हालत में कोई भी उनकी कंपनी में निवेश करेगा इस बात की संभावना कम थी।

लाख कोशिशों के बावजूद उसे कुछ सूझ नहीं रहा था।

“लगता है तेरे चाचा या मैं, हम दोनों में से कोई ना कोई तो जेल जाएगा ही। इससे बाहर निकलने का कोई रास्ता दिख तो नहीं रहा।” उस दिन सुबह हर्ष और उसके पापा रोज़ की तरह ऑफिस में बैठे बही-खातों से जूझ रहे थे जब उसके पापा ने एक लंबी साँस लेते हुए कहा।

“आप चिंता मत कीजिए। कुछ ना कुछ रास्ता निकल

आएगा।" यह जानते हुए भी कि अभी तक कोई रास्ता दिख नहीं रहा था, हर्ष ने उन्हें हौसला देने की कोशिश की।

"कोई रास्ता सूझ तो नहीं रहा है। तुमने ख़ुद पिछले एक महीने में देखा है। बाहर से कोई भी हमारे हिसाब-किताब को देखकर हमें पैसे देगा नहीं और अंदर हमारे पास पैसे हैं नहीं। अब बस एक पुश्तैनी बंगला बचा है बेचने के लिए। पर अगर उसे बेच दिया तो तुम्हारी माँ और बहन कहाँ जाएँगी? भाई को मैं किसी क़ीमत पर जेल जाने दूँगा नहीं। तो फिर और बचा ही क्या है।" उसके पापा ने निराशा में सिर झटकते हुए कहा।

हर्ष आगे कुछ कहता कि उससे पहले उसका फ़ोन बजा।

"हैलो।"

"किधर हो तुम? एक महीने से गायब हो।" दूसरी तरफ़ दुष्यंत था।

"एक काम में अटका हूँ। शाम को मिलता हूँ।" हर्ष ने सामान्य आवाज़ में कहा। उसने अभी तक दुष्यंत को अपने घर की परेशानी के बारे में नहीं बताया था।

"यार, ऐसा कौन-सा सीक्रेट काम कर रहा है? कहीं कोई दूसरी कंपनी तो नहीं खोल ली? तुम इस तरह ग़ायब हो जाओगे तो अपनी कंपनी कुछ ही महीनों में बंद हो जाएगी। तुम जानते हो मैं कोड लिख सकता हूँ पर प्रोग्राम बेचना तुम्हारा काम है। इसलिए जो भी है सच-सच बताना।" दुष्यंत ने गंभीरता से कहा।

"कहा ना शाम को मिलता हूँ। तब बात करेंगे।" हर्ष ने थोड़ा चिढ़कर जवाब दिया। उसे दुष्यंत के ऊपर थोड़ा गुस्सा

भी आ रहा था। दुष्यंत को सिर्फ़ अपनी कंपनी की पड़ी थी। हालांकि उसने दुष्यंत को इत्तला किया था कि वह अगले महीने थोड़ा व्यस्त रहने वाला था। पर इतना ज़्यादा व्यस्त होगा यह उसने भी नहीं सोचा था। पर दुष्यंत एक बार भी उसकी खोज-ख़बर लेने नहीं आया। उसी एक पल में हर्ष को वह आईडिया सूझा जिससे वह अपने पापा को उनकी परेशानी से बचा सकता था। उसने तुरंत सामने रखी फ़ाइल को बंद किया और उठ खड़ा हुआ।

"क्या हुआ? किसका फ़ोन था? सब खैरियत?" उसके पापा ने अपनी फ़ाइल से नज़र उठाते हुए पूछा।

"एक काम याद आ गया। ख़त्म करके आता हूँ। भगवान ने चाहा तो जल्द ही सब ठीक हो जाएगा।" हर्ष ने कुर्सी पर बैठे अपने पापा को पीछे से गले लगा लिया। फिर वह तुरंत बाहर की ओर भागा।

"अरे सुनो तो। खाना तो खाकर..." उसके पापा ने आवाज़ लगाई।

पर उनकी बात ख़त्म होने से पहले हर्ष रूम से बाहर निकल चुका था।

"हैलो, क्या हम आज मिल सकते हैं? मुझे आपके पिछले महीने के प्रपोज़ल के बारे में बात करनी है।" गाड़ी में सवार होकर हर्ष ने किसी को फ़ोन लगाया।

"हाँ, आ जाओ ऑफिस में बात करते हैं।" सामने से आवाज़ आई।

"ठीक है, मैं एक घंटे में आपके ऑफिस पहुँचता हूँ।"

कहते हुए हर्ष ने फ़ोन रखा और गाड़ी गराज से बाहर निकाली। उसे उस वक्त यह सूझ नहीं रहा था कि इतनी बड़ी बात वह दुष्यंत को शाम को कैसे बताने वाला था।

किसी भी दोस्ती की बुनियाद की सबसे बड़ी परीक्षा तब होती है जब किसी एक को दूसरे से कुछ ऐसी अपेक्षा हो जो शायद दूसरे को पसंद ना आए। उस दिन भी कुछ ऐसा ही हुआ।

हर्ष शाम को ऑफिस पहुँचकर सीधा दुष्यंत से मिलने गया।

"किधर थे इतने दिन? क्या चल रहा है?" दुष्यंत ने हर्ष को देखकर सवालों की झड़ी लगा दी।

"सब ठीक नहीं चल रहा है यार।" हर्ष ने सामने पड़ी कुर्सी खींचकर बैठते हुए कहा।

"क्या हुआ?"

"अचानक कुछ पैसों की ज़रूरत आ गई है।"

"कितने पैसे की ज़रूरत है? अपने अकाउंट में से निकाल लो।" दुष्यंत ने कंप्यूटर से नज़र उठाते हुए कहा।

"अकाउंट में जितने हैं उससे काम नहीं चलेगा।"

"मतलब? ऐसी क्या ज़रूरत है?" दुष्यंत ने मज़ाक में आँखें तरेरते हुए पूछा।

"वह अभी नहीं बता पाऊँगा। बस कुछ बेहद ज़रूरी है।" हर्ष अपने चाचा के गबन की बात नहीं बताना चाहता था। उसके पापा ने भी वह बात बेहद भरोसेमंद एक-दो ऑफिस के कर्मचारियों के अलावा किसी को नहीं बताई थी। बात जितनी

बाहर फैलती उतनी ही कंपनी की बदनामी का डर था।

"थोड़े बहुत मेरे खाते में होंगे पर बहुत ज़्यादा नहीं हैं। मेरे क्रेडिट कार्ड पर कुछ लोन चाहिए तो ले ले।" दुष्यंत को मालूम था कि मामला ज़रूर संगीन होगा वरना हर्ष इस तरह पैसे नहीं माँगता। वह घर-परिवार से अच्छा-ख़ासा रईस था।

"दोस्त, शुक्रिया। पर जितनी मुझे ज़रूरत है वह हम दोनों के खाते में पड़ी रकम को जोड़कर भी पूरी नहीं होगी।" जैसे-जैसे सच्चाई बताने का वक्त क़रीब आ रहा था वैसे-वैसे हर्ष के दिल की धड़कन भी तेज होती जा रही थी।

"क्या हो गया है तुम्हें? किसलिए चाहिए ना वह बता रहे हो? कितने चाहिए ना वह बता रहे हो? हमारे पास जितने हैं उससे काम नहीं होगा यह भी अगर तुम्हें मालूम है तो क्या करना है वही बता दो। मुझे तो कुछ समझ नहीं आ रहा है।" कहता हुआ दुष्यंत अपनी सीट से उठ खड़ा हुआ।

"देखो दोस्त, जो मैं तुम्हें बताने जा रहा हूँ, वह फ़ैसला मेरे लिए भी आसान नहीं था। पर अब वक्त आ गया था कि मुझे यह फ़ैसला लेना पड़ा।"

"साफ़-साफ़ बोलो ना क्या बात है? पहेलियाँ क्यों बुझा रहे हो?"

"मुझे जितने पैसे चाहिए वे मुझे कहीं और से नहीं मिल सकते। इसलिए मैंने इस कंपनी में अपना हिस्सा बेचने का फैसला कर लिया है।"

"क्या?"

"हाँ, पिछले महीने मिस्टर खुराना ने एक मीटिंग के दौरान

इस कंपनी को खरीदने का ऑफर दिया था। मैंने तब उन्हें मना कर दिया था पर अब जब ज़रूरत आई तो मैं आज उनसे मिलकर आया हूँ। वे अब भी अपनी कंपनी को अच्छे दाम पर खरीदने को तैयार हैं।"

"मैं यह कंपनी नहीं बेचूँगा। किसी भी हालत में नहीं।" दुष्यंत अब गुस्से से आग-बबूला हो रहा था।

"मुझे मालूम था। इसलिए मैंने उन्हें अपना हिस्सा बेचने का ऑफर दिया है। उनकी पहली पसंद तो पूरी कंपनी खरीदने की है पर अगर तुम नहीं बेचोगे तो वे मेरा हिस्सा ख़रीदने को भी तैयार हैं। इस तरह वे तुम्हारे बराबर के हिस्सेदार होंगे और हर फ़ैसले के लिए उनकी स्वीकृति भी लगेगी। मैंने तुमसे बात करके फैसला लेने के लिए एक महीने की मोहलत मांगी है। अब फैसला तुम्हें लेना है।"

"मैंने कभी सोचा भी नहीं था कि तुम इतने कमीने हो। तुम इतना कैसे गिर सकते हो? मैंने दिन-रात लगाया है इस कंपनी को बनाने में और तुम चाहते हो कि मैं इसे बेच दूँ, ताकि तुम्हारी ज़रूरतें पूरी हो सकें। तुम तो रईस घर से हो फिर पैसों की ऐसी क्या किल्लत आ गई? कहते क्यों नहीं कि काम करते हुए तुम थक गए हो और अब अय्याशी की जिंदगी जीना चाहते हो, वह भी मेरे सपनों को बेचकर।" गुस्से में दुष्यंत अनाप-शनाप बकता रहा।

"बस। बहुत सुन ली मैंने तुम्हारी बातें। सपने सिर्फ़ तुम्हारे ही थे क्या? मैंने इस कंपनी के लिए कुछ नहीं किया?"

"मैं अगर प्रोडक्ट नहीं बनाता तो तुम करते ही क्या?"

"वह प्रोडक्ट आज जिस मुकाम पर है, वहाँ मैंने पहुँचाया है। तुम तो बस अपनी कोडिंग और आशिक़ी में व्यस्त थे, उस प्रोग्राम को मार्केट में मैंने बेचा है।" हर्ष को भी अब गुस्सा आ रहा था। "और तुम इतने स्वार्थी हो, यह मैंने कभी नहीं सोचा था। हाँ, मैं खाते-पीते घर से हूँ। उसके बावजूद अगर मुझे कोई ज़रूरत आई तो उसके पीछे ज़रूर कोई ज़रूरी बात होगी। पर उसकी गंभीरता समझने की जगह तुम मुझे ताने मार रहे हो। अभी तक मैं फिर भी सोच रहा था पर अब मैंने फ़ैसला कर लिया है कि अपना हिस्सा तो मैं बेचकर रहूँगा। और एक और बात सुनो। तुम्हारे इसी स्वार्थी रवैये की वजह से तुम्हारा कोई भी रिश्ता नहीं टिका। तुम्हें नताशा तो याद होगी ना?"

नताशा का नाम सुनकर दुष्यंत के चेहरे का रंग बदल गया। इससे पहले वह कुछ कहता हर्ष बोलता रहा, "मैंने यह बात इतने दिन तुमसे छिपाकर रखी क्योंकि मुझे लगा कि शायद हम दोनों को साथ देखकर तुम्हें बुरा लगेगा। इसलिए मैंने सोचा कि हमने अगर हमारे रिश्ते में अगला कदम उठाने का फ़ैसला लिया, तब बताऊंगा। पर अब मुझे कोई फ़र्क़ नहीं पड़ता कि तुम्हें क्या लगता है। तो सुनो, नताशा और मैं पिछले कई सालों से एक-दूसरे को डेट कर रहे हैं और जल्द ही सगाई करने वाले हैं। मैं तेरी तरह हर लड़की पर फिसल नहीं जाता, तो हम दोनों ने वक्त लेकर एक-दूसरे को समझा और तभी अगले कदम का फ़ैसला लिया। अभी मैं जा रहा हूँ, पर मुझे जल्दी अपना ज़वाब बता देना।" कहता हुआ हर्ष गुस्से में तमतमाता हुआ वहाँ से निकल गया।

———-

एक सप्ताह बाद

"दुष्यंत कुछ सोचा तुमने?" हर्ष की आवाज़ ने उसका ध्यान भंग कर दिया। दुष्यंत अपने केबिन में बैठा सामने चल रहे प्रोग्राम में खोया हुआ था जब हर्ष कमरे में दाख़िल हुआ।

"सोचना क्या है? तुम्हें मेरा जवाब मालूम है।" दुष्यंत ने हर्ष की ओर नज़र उठाकर देखे बिना कहा।

"देखो दुष्यंत मुझे पता है, यह इतना आसान नहीं है। मेरे लिए भी नहीं है। पर आठ साल बहुत लंबा वक़्त होता है किसी भी मापदंड के लिए। अब हमें फ़ैसला लेना ही होगा। इस तरह हम ज़िंदगी भर तो नहीं चला सकते। हमें अपनी भावनाओं को दरकिनार कर बिज़नेस को बिज़नेस की तरह देखना होगा।"

"वैसे ही जैसे तुमने हमारे रिश्ते के साथ किया।" दुष्यंत ने तिरछी निगाहों से हर्ष की ओर देखा।

एक पल के लिए हर्ष चुप रह गया। फिर सामने रखी कुर्सी खींचकर उस पर बैठ गया। "हम सच्चाई से जिंदगी भर नहीं भाग सकते। जो हुआ क्या वह ग़लत था, पता नहीं। मुझे बस इतना पता है कि जो हुआ वह किसी और के साथ भी हो सकता था और रही बात तुम्हारी तो तुम्हें तो ख़ुश होना चाहिए। तुम्हारी आगे की जिंदगी बच गई वरना अगर यह तुम्हारे किसी बड़े कदम के बाद होता तो तुम क्या करते? इसके अलावा मैंने हमेशा तुम्हारा साथ दिया है। हर मौक़े पर कंधे-से-कंधा मिलाकर खड़ा रहा हूँ। तो मुझे रिश्ते का ज्ञान तो देना ही मत।"

हर्ष की आवाज़ से साफ़ ज़ाहिर था कि वह अपनी बात को लेकर गंभीर था।

"फिर अब क्या करना है? तुम मेरे इतने पुराने दोस्त हो पर जो भी हुआ उसके बाद मुझे नहीं लगता हमारे रास्ते साथ चल सकते हैं।" दुष्यंत किसी भी समझौते के लिए तैयार नहीं था।

"मैंने वैसे भी फैसला ले लिया है। मैं अपना हिस्सा ज़रूर बेच रहा हूँ। मुझे नहीं लगता है मैं अब और वक्त इस कंपनी को खड़ा करने में लगा सकता हूँ। मुझे मिस्टर खुराना का प्रपोज़ल अच्छा लगा है। ठीक-ठाक पैसे मिल जाएँगे, उसके बाद हम अपने-अपने रास्ते जाने के लिए आज़ाद होंगे।"

"मैं अपना हिस्सा नहीं बेचने वाला।" दुष्यंत ने कुर्सी हर्ष की तरफ़ घुमाते हुए कहा।

"मुझे मालूम था, इसलिए मैं यह तुम्हारे लिए लेकर आया हूँ।" कहते हुए हर्ष ने एक दस्तावेज़ दुष्यंत की तरफ़ बढ़ाया।

"क्या है यह?"

"अपनी कंपनी बनाने के नियम के अनुसार, हम यह कंपनी तभी बेच सकते हैं जब दोनों पार्टनर यानी कि हम दोनों तैयार होंगे।"

"यह मुझे मालूम है और मुझे अभी बेचनी नहीं है।"

"देख दुष्यंत, तू मेरे से रूखा भी रहे और मेरे साथ भी रहे, दोनों बातें एक साथ नहीं हो सकतीं। मौजूदा परिस्थिति में मेरी ज़रूरत ऐसी है कि मुझे अब इस कंपनी से निकलना ही होगा। रही बात अपनी, तो नियमों की लिस्ट में एक नियम यह भी है कि अगर एक पार्टनर बेचना चाहे और दूसरा नहीं चाहे तो पहले

पार्टनर को दूसरे पार्टनर को 6 महीने की मोहलत देनी होगी जिस दौरान दूसरा पार्टनर पहले पार्टनर का शेयर खरीद सकता है। अगर 6 महीने गुज़र जाते हैं और दूसरा पार्टनर नहीं खरीद पाता तो पहले पार्टनर के पास हक़ होगा कि वह किसी को भी अपना हिस्सा बेच सकता है। तो इस दस्तावेज़ के अनुसार तेरी 6 महीने की मोहलत आज से शुरू होती है।" कहते हुए हर्ष ने एक कानूनी नोटिस दुष्यंत के सामने रख दिया।

"ठीक है। मैं देखता हूँ।" दुष्यंत ने बिना उस कागज़ की ओर नज़र उठाये रूखे स्वर में जवाब दिया।

हर्ष ने एक गहरी साँस ली। उसे मालूम था कि दुष्यंत ज़िद्दी था। "देख दोस्त, तुम मेरे पुराने साथी हो, तो मैं तुम्हारी बर्बादी का कारण नहीं बनना चाहूँगा। 6 महीने के बाद एक बार खुराना के हाथ सॉफ्टवेयर का कोड लग गया तो तुम्हारे पास वैसे भी कुछ नहीं बचेगा। उसके बाद तुम इसे किसी को नहीं बेच पाओगे, खुराना को भी नहीं। मेरी मानो तो पूरा खुराना को बेच देते हैं।"

"नहीं।"

"फिर यह रखो।" कहते हुए हर्ष ने एक और कागज़ का टुकड़ा दुष्यंत की तरफ़ बढ़ाया।

"क्या है यह?"

"यह एक निवेशक का ईमेल आईडी है। उसका नाम कुशाग्र है। मैंने सुना है यह आज-कल AI में काफ़ी इन्वेस्ट कर रहा है। इससे कोशिश कर लेना। क्या पता तेरी किस्मत इस बार चल जाए।"

"देखता हूँ।" दुष्यंत अपनी जगह से हिलने को तैयार नहीं था।

दुष्यंत के रवैये में कोई बदलाव नहीं आता देख हर्ष ने एक आह भरी और अपनी जगह पर उठ खड़ा हुआ। "चलता हूँ दोस्त। कल से मैं नहीं आऊँगा। अपना ख़्याल रखना।" कहता हुआ हर्ष केबिन से बाहर निकल गया।

हर्ष के कमरे से निकलते ही जैसे दुष्यंत को एक झटका-सा लगा। जब से उसे याद था वह और हर्ष हर सुख-दुख में साथ थे। पर एक हफ़्ते पहले की उनकी कंपनी बेचने वाली बात के बाद वह हर्ष से हाथ मिलाना तो दूर उसकी शक्ल देखने से भी कतरा रहा था। बात सिर्फ़ पैसों की होती तो कुछ और थी पर हर्ष ने उसके पीठ पीछे इतने सालों से नताशा को डेट करके उसका दिल भी दुखाया था। दुष्यंत अब किसी भी कीमत पर अपनी कंपनी बेचने को तैयार नहीं था।

दुष्यंत अपने ख्यालों में खोया हुआ था कि अचानक उसकी नज़र सामने टेबल पर रखे काग़ज़ पर गई। उस पर कुशाग्र की ईमेल आईडी लिखी थी। दुष्यंत ने कुशाग्र की डिटेल गूगल पर ढूँढ करके उसकी वेबसाइट खोली। कुशाग्र पेरिस में रहता था और उसके द्वारा निवेश किए हुए कई स्टार्टअप्स आज नामी-गिरामी कंपनी बन गए थे। हाल-फिलहाल में उसे कई AI से संबंधित कॉन्फ्रेंसिज़ में सम्मानित भी किया गया था। एक घंटे की खोज-बीन के बाद दुष्यंत को एक आशा की किरण नज़र आई। उसने अपनी कंपनी की जानकारी एक ईमेल में लिख कुशाग्र की दी हुई ईमेल आईडी पर भेज दिया। उसे अगले

कुछ हफ़्तों में जवाब मिलने की उम्मीद थी। उसके बाद काफ़ी देर वह काम में ध्यान लगाने की कोशिश करता रहा पर हर्ष के चले जाने की कमी कहीं ना कहीं उसे खाने लगी थी। काम करने का उसका बिल्कुल मन नहीं हो रहा था। काफ़ी देर कोशिश करने के बाद भी जब उसका मन काम में नहीं लगा तो वह उठा और ऑफिस बंद कर घर के लिए निकल पड़ा।

दुष्यंत के आश्चर्य का ठिकाना नहीं रहा जब अगले दिन ही सुबह के 4 बजे के आस-पास कुशाग्र की सेक्रेटरी का जवाब आया। "कुशाग्र को दुष्यंत की कंपनी का काम काफ़ी सराहनीय लगा था और वह उससे मिलना चाहता था!"

दुष्यंत उस वक्त सो रहा था और उसकी नींद मोबाइल पर आए उस ईमेल के नोटिफिकेशन की आवाज़ से खुली। नींद टूटने की झल्लाहट में उसने फ़ोन उठाया पर उस पर आए जवाब से उसका मुँह खुला रह गया। अधकच्ची नींद में उसने गलती से लगभग हर्ष को वह ख़ुशख़बरी भेज ही दी थी जब उसे याद आया कि हर्ष आज से उस कंपनी का हिस्सा नहीं था। दुष्यंत की छह महीने की मोहलत कल से शुरू हो गई थी और अब उसे ख़ुद ही इस रास्ते पर आगे बढ़ना था। एक छोटी-सी आह भरते हुए उसने फ़ोन को सिरहाने पर रख दिया और वापस लेट गया।

अगले तीन हफ़्ते यूँ ही देखते-देखते निकल गए। कुशाग्र की कंपनी के लोगों के साथ इस दौरान दुष्यंत की कई ऑनलाइन मीटिंग्स हुईं। सब ठीक चल रहा था और अगले एक हफ़्ते में वह फ्लाइट से पेरिस जाने वाला था।

“अगर कुशाग्र ने हाँ कह दिया तो अगले दो महीनों में उसकी कंपनी के ऊपर मंडराता ख़तरा भी दूर हो जाएगा और वह अपनी कंपनी का विस्तार दूसरे मुल्कों में भी कर पाएगा।” दुष्यंत को अब सब ठीक होने की पूरी उम्मीद लग रही थी।

और फिर देखते-देखते वह दिन आ ही गया।

अध्याय 12

दुबारा मुलाकात

आज का दिन दुष्यंत के लिए काफ़ी महत्वपूर्ण था।

पेरिस के होटल के कमरे की खिड़की से आती सुबह के हल्के ट्रैफ़िक की आवाज़ और पास के कैफ़े से आती ताज़ी ब्रेड और कॉफ़ी की खुशबू वातावरण में घुल रही थी। दुष्यंत फटाफट अपना नाश्ता खत्म कर कपड़े पहनकर बाहर निकल पड़ा।

प्लान के मुताबिक वह तैयार होकर कुशाग्र के ऑफिस में ठीक वक्त पर पहुँच गया। वह कल ही देर रात पेरिस पहुँचा था और कुशाग्र के ऑफिस के पास ही एक होटल में ठहरा था। मीटिंग शुरू होने में अभी थोड़ी देर थी। वहाँ ऑफिस में बैठे उसे खिड़की के बाहर एफिल टावर दूर गगन को चूमता नज़र आ रहा था। कुछ तो बात थी बाहर के दृश्य में जो उसकी नज़र को उस तरफ़ आकर्षित कर रही थी। पिछली रात भी एयरपोर्ट से होटल के लिए निकलते वक्त जैसे एक भीनी-सी ख़ुशबू उसकी नाक से टकरायी, ऐसा लगा जैसे कुछ जाना-पहचाना

उसे अपनी तरफ़ खींच रहा हो।

वहाँ बैठे हुए दुष्यंत ने एक आह भरी। उसे मालूम था कि वे अवनी की पुरानी यादें थीं जो उसे अपनी तरफ़ खींच रही थीं। उस बात को अब 5 साल हो गए थे और आज के दिन वह किसी भी याद को ख़ुद पर हावी नहीं होने दे सकता था। उसने अपनी नज़रें दूसरी तरफ़ फेर लीं।

"हैलो मिस्टर दुष्यंत। कैसे हैं आप? मेरा नाम लीना है और मैं आशा करती हूँ कि आपकी इंडिया से यहाँ तक की यात्रा सुखद रही होगी।" एक खूबसूरत-सी महिला ने दुष्यंत की तरफ़ आते हुए कहा। उसने गहरे गुलाबी रंग का बिज़नेस सूट पहन रखा था और एक ऊँची हील की सैंडल पर ख़ुद को सँभालती हुई वह बड़े आराम से आकर दुष्यंत के सामने रुकी। उसकी आवाज़ में आत्मविश्वास साफ़ झलक रहा था।

औपचारिकतावश दुष्यंत अपनी जगह पर खड़ा हो गया और हाथ मिलाने के लिए अपना हाथ आगे बढ़ाया। "हैलो मिस लीना। जी यात्रा ठीक थी। पूछने के लिए शुक्रिया।"

"बहुत खूब। चलिए फिर मीटिंग रूम में चलते हैं। बाक़ी बातें वहीं होंगी। हमारी टीम भी वहीं इकट्ठा हो रही है और कुशाग्र भी वीडियो कॉल के ज़रिए वहीं हमसे जुड़ेंगे।"

"कुशाग्र मीटिंग में नहीं आ रहे हैं?" दुष्यंत एक पल के लिए चौंक गया। वह यहाँ उसी से तो मिलने आया था। उसे थोड़ा अटपटा-सा महसूस हुआ।

लीना को दुष्यंत के चेहरे के भाव से जैसे उसके दिल की बात समझ आ गई। वह मुस्कुराई। "सॉरी मिस्टर दुष्यंत,

कुशाग्र मीटिंग में नहीं आ पाएंगे। कल रात ही हमारी जर्मनी स्थित एक कंपनी में कुछ गड़बड़ हुई है और हालात को सँभालने के लिए कुशाग्र आज ख़ुद सुबह की फ्लाइट से वहाँ जा रहे हैं। पर आप चिंता मत कीजिए। कुशाग्र आपके प्रोडक्ट से बेहद प्रभावित हैं और उन्होंने जाने से पहले हमारे संबंधों को आगे कैसे लेकर जाना है वह सब बता दिया है। बस अब एक छोटी-सी मुलाक़ात की औपचारिकता है। आइए इस तरफ़।" कहते हुए लीना ने दुष्यंत को एक तरफ़ बढ़ने का इशारा किया।

दुष्यंत के पास कोई और उपाय भी नहीं था। वह चुपचाप लीना की बताई दिशा में बढ़ चला।

अगले दो घंटे दुष्यंत, लीना और उसकी टीम के कुछ लोग वहाँ कॉन्फ्रेंस रूम में बैठे थे। उन्होंने दुष्यंत के प्रोडक्ट का डेमो फिर से देखा और पिछले कुछ सालों में उसके द्वारा किए गए बिज़नेस पर भी काफ़ी बातचीत हुई। उनके संतुष्ट होने पर, लीना ने कुशाग्र को वीडियो कॉल लगाया।

सामने स्क्रीन पर कुशाग्र की तस्वीर उभर कर आई। कुशाग्र की उम्र 35-36 साल के आस-पास की थी। दुबले-पतले शरीर और बच्चों जैसी शक्ल में वह अपनी उम्र से छोटा दिखता था। पर दिमाग़ से वह बेहद शातिर था। इंडिया में अपनी पढ़ाई पूरी करके वह आगे की पढ़ाई करने वहाँ यूरोप आया था। पढ़ाई के दौरान ही उसने कई कंपनियों में निवेश करना चालू कर दिया था। उसकी खोजी हुई कंपनियों ने कुछ सालों में ही उसकी निवेश की हुई रकम को कई गुना बढ़ा दिया

था। वह अब वहीं पेरिस में रहकर दुनिया भर में वैसी कंपनियों में निवेश करता था जिनमें कई गुना बढ़ोतरी की संभावना हो।

"दुष्यंत मेरे दोस्त, कह नहीं सकता कि अभी वहाँ नहीं होने की वजह से मुझे कितना बुरा लग रहा है।" कुशाग्र की दमकती हुई आवाज़ उस कमरे में गूँजी। वह एक कार में सवार एयरपोर्ट की ओर जा रहा था और रास्ते से बात कर रहा था। "पर क्या करें? तुम मेरी मजबूरी समझ सकते हो। बिज़नेस में कई चीज़ें हमें ख़ुद ही करनी पड़ती हैं, किसी और के हाथ में नहीं छोड़ सकते। कल रात ही हमारी जर्मनी की फैक्ट्री में कुछ गड़बड़ हुई है और इससे पहले कि मामला और पेचीदा हो जाए मुझे वहाँ के सरकारी अफ़सरों से मिलकर इस मामले को आज ही निपटाना होगा। खैर, मेरी परेशानी को छोड़ो। कब तक हो तुम पेरिस में?"

"परसों सुबह की मेरी वापसी है।" दुष्यंत ने चेहरे पर हल्की मुस्कान लाते हुए कहा। "आपसे इस बार नहीं मिल पाने का अफ़सोस रहेगा।"

"अफ़सोस की क्या बात है? कुछ दिन और हमारे मेहमान बनकर रहो। लीना बुकिंग का देख लेगी। तब तक मैं वापस भी आ जाऊँगा। अपनी मुलाक़ात भी हो जाएगी।"

"शुक्रिया।"

"बहुत बढ़िया। अब इससे पहले कि मेरा नेटवर्क चला जाए, काम की बात कर लेते हैं।"

"ज़रूर! बताइए फिर आगे कैसे बढ़ना है? मैंने आपकी टीम को उनके द्वारा पूछे सारे सवालों के जवाब दे दिए है। आगे जैसे

आप बताएँ?"

"भाई देखो, सच कहूँ तो मैं आपके बनाए प्रोडक्ट से बेहद प्रभावित हूँ। किसी भी व्यक्ति के मूड को जानकर उसे सामान बेचना, इससे ज़्यादा कारगर तकनीक अभी तक तो नहीं बनी है। कई लोग इस पर काम कर रहे हैं और आपके प्रोडक्ट को जाँचने पर उसका परिणाम औरों के मुक़ाबले बेहतर ही आ रहा है। एक बार आप इसको दूसरे मुल्कों में लेकर जाएँगे तो उससे मिली समझ से यह और भी बेहतर होगा। इसमें हम आपकी मदद करेंगे।" कुशाग्र ने कहा।

"शुक्रिया।" दुष्यंत की आँखों में आशा की किरण वापस आने लगी थी।

"पर, इसमें अभी वक्त लगेगा। मेरी नज़र इस वक़्त ऐसी चीज़ पर है, जो तुरंत परिणाम दे सकती है।"

"मैं समझा नहीं।"

"म्यूजिक दुष्यंत, म्यूजिक।"

दुष्यंत एक पल को दुविधा में वहाँ बैठा रहा।

"सोचो दुष्यंत, अगर हम लोगों के मूड के हिसाब से उन्हें गाने सुनाएँ। हर किसी की उसकी पर्सनल प्लेलिस्ट। मेरी निवेश की हुई कंपनियों में एक म्यूजिक की कंपनी भी है। हम काफ़ी समय से उसे और सक्रिय करने की कोशिश कर रहे हैं। तुम्हारे प्रोडक्ट की मदद से बहुत वक्त नहीं लगेगा हमें दुनिया की सबसे बड़ी म्यूजिक कंपनी बनने में।" कुशाग्र की आवाज़ में एक जज़्बा साफ़ झलक रहा था।

"ओके। पर प्लान क्या है?" दुष्यंत पूरी बात सुने बिना कोई

कमिटमेंट नहीं देना चाहता था।

"प्लान बेहद सरल है।" कुशाग्र मुस्कुराया। "अगर तुम हाँ कहते हो, तो अगले एक महीने के दौरान मेरी कंपनी और तुम्हारी कंपनी साथ मिलकर काम करेंगी। अगर तुम्हारे लिखे प्रोग्राम हमारे प्रोडक्ट में फिट बैठ गए तो हमें तुम्हारी कंपनी में निवेश करने में ख़ुशी होगी।"

"और अगर नहीं फिट बैठे तो?"

"तो तब तक का जो भी खर्चा हुआ होगा वह मेरी कंपनी उठाएगी। और तुम पर किसी भी तरह का दबाव नहीं होगा। साथ ही इस दौरान तुम कभी भी साथ आगे बढ़ने के लिए मना कर सकते हो।"

"ओके। करके देखते हैं।" दुष्यंत को मालूम था कि उसके पास और कोई रास्ता नहीं था। कुशाग्र के अलावा उसके पास कोई और निवेशक नहीं बचा था। तो उसे हर हाल में कुशाग्र को मनाकर उसे निवेश करने के लिए तैयार करना ही था।

"वाह! यह हुई ना बात। देखा लीना मैंने कहा था ना, दुष्यंत को हमारा भविष्य को लेकर बनाया प्लान ज़रूर पसंद आयेगा।"

लीना कुशाग्र के वीडियो की ओर देखकर बस मुस्कुराई।

"सभी को मुबारक हो। जल्दी काम शुरू करते हैं। अभी के लिए दुष्यंत, मुझे अब फ़ोन रखना होगा। वैसे इस काम को देखने के लिए मैंने मेरी पार्टनर जो मेरी म्यूजिक वाली कंपनी का काम सँभालती है, उसको अभी-अभी मैसेज किया है कि वह आकर एक बार तुमसे मिल ले। वह आती ही होगी। लीना

तुम दोनों की जान-पहचान करवा देगी। पहले उसके साथ मिलकर सारा समझ लो। फिर काम को बारीकी से बढ़ाते हैं। गुड बाय।" कहते हुए कुशाग्र ने वीडियो बंद कर दिया।

"देखा! मैंने कहा था ना, कुशाग्र ने तुम्हारे प्रोडक्ट में ख़ास दिलचस्पी ली है क्योंकि यह उसके पार्टनर की कंपनी से संबंधित है। तो तुम बिल्कुल भी चिंता मत करो। बस एक बार उसके पार्टनर से मिलकर उसे सब समझाओ। उसने हाँ कह दिया तो बस तुम्हारा काम हुआ ही समझो।" कहते हुए लीना मुस्कुराई।

"कौन है यह पार्टनर?" दुष्यंत की जिज्ञासा अब बढ़ने लगी थी।

"ओह, मैं तो तुम्हें उसका नाम बताना ही भूल गई। वह देखो वह आ रही है, ठीक तुम्हारे पीछे।" कहते हुए लीना ने कॉन्फ्रेंस रूम के दरवाज़े की ओर इशारा किया।

तभी दरवाज़ा खुला और वह अंदर दाख़िल हुई। ठीक उसी वक्त दुष्यंत भी पीछे पलटा।

"अवनी!"

"दुष्यंत!"

एक-दूसरे पर नज़र पड़ते ही उनके मुँह भौचक्के-से खुले रह गए।

"अरे वाह, लगता है तुम पहले ही मिल चुके हो।" लीना चहकती हुई अवनी के पास आकर रुकी। "दुष्यंत, यह अवनी है, कुशाग्र की पार्टनर और हमारी म्यूजिक टीम की इंचार्ज और अवनी, यह दुष्यंत है जिसके प्रोडक्ट के बारे में कुशाग्र ने हमें

काम करने के लिए कहा है। तुम दोनों बैठो और बातें करो तब तक मैं थोड़े काम निपटाकर आती हूँ।" कहती हुई वह बाहर निकल गई। उसके साथ बाक़ी टीम के लोग भी बाहर निकल गए। अब वहाँ सिर्फ़ अवनी और दुष्यंत एक-दूसरे के सामने खड़े थे।

अगले कुछ पल दोनों में से कोई कुछ नहीं बोला। बस एक-दूसरे को देखते वहाँ खड़े रहे। उनकी आँखें उस वक्त काफ़ी कुछ कहना चाहती थीं पर उनकी ज़ुबान खामोश थी।

"बैठो। कुछ लोगे? चाय या कॉफ़ी?" आख़िर अवनी ने ही खामोशी को तोड़ा।

दुष्यंत धीरे से अपनी जगह पर बैठ गया। पुराने दर्द का साया फिर से उसके मन पर छाने लगा था।

अध्याय 13

उम्मीद की किरण

अगले दो हफ़्ते कहाँ गुज़र गए पता ही नहीं चला। कुशाग्र की टीम ने दुष्यंत के रहने और खाने-पीने का बंदोबस्त वहीं पेरिस में उनकी कंपनी के गेस्ट हाउस में करवा दिया।

अगले दिन से ही अवनी की टीम दुष्यंत के साथ बैठकर उसका प्रोडक्ट समझने में जुट गई। दुष्यंत जानता था कि जो चीज़ उसे बनाने में कई साल लगे हैं उसे समझने में कुशाग्र की पूरी टीम को कम-से-कम कुछ हफ़्ते तो ज़रूर लगने वाले थे। उसके बाद उस प्रोडक्ट का उनकी म्यूजिक के सॉफ्टवेयर से सामंजस्य बिठाकर देखने में और वक्त लगने वाला था।

दुष्यंत को समझ नहीं आ रहा था कि क्या किया जाए। उसकी हालत 'आगे कुआँ और पीछे खाई' वाली कहावत जैसी हो गई थी। उसे अवनी को यूँ देखकर कुछ अजीब-सा लगा था। पाँच साल पहले अवनी के घर पर हुए हादसे के बाद उसने कभी भी उससे दोबारा कोई संबंध नहीं रखा। अवनी ने भी उस तक पहुँचने की कोई कोशिश नहीं की। दोनों जैसे एक-

दूसरे की जिंदगी से गायब हो गए थे। फिर अचानक से अवनी को यहाँ देखकर ना जाने उसे क्या हुआ था कि उसे उस रात के अपने व्यवहार पर थोड़ी ग्लानि भी महसूस हो रही थी। आख़िर उस रात अवनी के घर पर सारे उसके ही जान-पहचान के मेहमान मौजूद थे। अवनी ने जो कुछ भी किया था उसके लिए दुष्यंत उसे माफ़ नहीं करना चाहता था पर उसे उसके मेहमानों के सामने ज़लील करके दुष्यंत को अब बुरा भी लग रहा था। शायद इसी वजह से वह उससे मिलना नहीं चाहता था।

पर वह यह डील छोड़कर भी नहीं जा सकता था। अगर कुशाग्र ने पैसे निवेश नहीं किए तो उसकी कंपनी वैसे भी कुछ महीनों की मेहमान थी। दुष्यंत मिस्टर खुराना को अच्छी तरह जानता था। वह एक बेहद ही जालिम किस्म का आदमी था और उसकी कंपनी में किसी को उसके सामने बोलने की इजाज़त नहीं थी। वह जो बोलता था सब लोग उसकी हाँ-में-हाँ मिलाते थे। दुष्यंत कभी किसी की हाँ-में-हाँ मिलाकर काम नहीं कर पाया था। उसे खुराना के साथ की पहली मुलाक़ात अच्छी तरह याद थी। उस मीटिंग से निकलते ही उसने हर्ष को टोका था।

"यार, इस खुराना का ऑफर छोड़ दें क्या? कैसे बात कर रहा था वह आज, जैसे हमारा प्रोडक्ट खरीदकर हम पर कोई मेहरबानी कर रहा हो। और क्या वाहियात उदाहरण दे रहा था अपने प्रोडक्ट के इस्तेमाल के संबंध में? उसके सभी लोग हाँ-में-हाँ मिला रहे थे और मेरा मन कर रहा था कि उठकर एक

तमाचा लगा दूँ और कहूँ कि अगर तुम्हें समझ नहीं है और सिर्फ़ पुश्तैनी पैसा है तो मुँह बंद करके अपने आलीशान ऑफिस में बैठो और जिनको काम समझ आता है उन्हें मीटिंग में भेजो। मैं तो ऐसे आदमी के साथ कभी भी काम नहीं कर पाऊँगा। मेरा तो दस मिनट के अंदर उससे झगड़ा हो जाएगा। मेरी मान तो इसको मना कर देते हैं।" उसने हर्ष को समझाया था।

पर हर्ष ने हँसकर टाल दिया था। "इसलिए सेल्स मैं देखता हूँ तुम नहीं। तुम्हें क्या लगता है बाक़ी सभी लोग जो हमारा प्रोडक्ट इस्तेमाल करते हैं वे कोई संत हैं? जी नहीं हुज़ूर, जिनके पास भी पैसा है, सबके सब में थोड़ा बहुत घमंड तो होता ही है। वे सब किसी ना किसी मुकाम पर होते हैं भले ही वह उनके बाप-दादा की वजह से हो, पर उसका गुरूर तो होता ही है। तो बस हमें उनके गुरूर को सँभालकर अपना सामान बेचना होता है। खैर छोड़, वह तो मिस्टर खुराना प्रोडक्ट टीम के इंचार्ज से भी मिलना चाहते थे इसलिए तुम्हें मीटिंग में बुलाना पड़ा। मैं उनको सँभाल लूँगा तुम प्रोडक्ट को बेहतर बनाने पर ध्यान दो। भूल जाओ मिस्टर खुराना और उनकी कही बातों को।"

काश उस दिन उसने अपने दिल की सुनी होती और हर्ष को मना कर दिया होता! उसे आज एहसास हो रहा था कि जिस खुराना को वह बेवकूफ समझ रहा था वह कितना शातिर निकला। उसकी नज़र सिर्फ़ दुष्यंत के प्रोडक्ट पर नहीं बल्कि पूरी कंपनी पर थी। और हर्ष का हिस्सा ख़रीदकर वह पूरी कंपनी निगल लेने की फ़िराक़ में था। "मैं खुराना को इतनी आसानी से नहीं जीतने दूँगा।" दुष्यंत को अंदर से ग़ुस्सा आ

रहा था।

पर इसके लिए ज़रूरी था कि अवनी उसके प्रोडक्ट के इस्तेमाल की स्वीकृति दे। अभी दिक़्क़त यह थी कि दो हफ़्ते गुज़रने वाले थे पर अभी भी अवनी की टीम मिली जानकारियों से संतुष्ट नहीं थी। उन्हें और वक्त चाहिए था समझने के लिए और दुष्यंत के इंडिया वापस लौटने का दिन पास आ रहा था। ऊपर से अवनी उस पहली मुलाकात के बाद एक-दो बार ही मीटिंग में थोड़ी देर के लिए आई थी और उस दौरान भी फ़ोन पर ही लगी थी। दुष्यंत उसके हाव-भाव से कुछ भी समझ नहीं पा रहा था। उसे यह भी समझ नहीं आ रहा था कि अवनी को कैसे टोके। पर अब टोकना अनिवार्य था।

"अवनी।" एक दिन जब अवनी मीटिंग से निकल रही थी तो दुष्यंत ने उसे आवाज़ लगाई। दुष्यंत के लिए यह थोड़ा अटपटा भी था पर अब कोई दूसरा रास्ता बचा नहीं था। अगर संभव होता तो वह शायद अवनी से बात नहीं करता। पर वह अपने पुराने संबंधों का ज़िक्र कुशाग्र से भी नहीं कर सकता था और इसलिए उसकी सुझाई टीम के साथ काम करने के अलावा कोई रास्ता नहीं था।

"हाँ।" अवनी हर बार की तरह अपने फ़ोन पर व्यस्त थी। उसने फ़ोन कान से हटाते हुए जवाब दिया। उसके चेहरे के भाव से उसके मन में उठ रहे ख्यालों का पता लगा पाना मुश्किल था।

"अवनी कितनी बदल गई है। यह वही लड़की है जिसके चेहरे को देखकर कोई भी बता सकता था कि उसके मन में

क्या चल रहा है। और अब, जैसे पिछले कुछ सालों में उसके पूरे व्यक्तित्व में ही बदलाव आ गया हो।" अवनी को देखकर दुष्यंत एक पल के लिए सोचता रह गया।

"कुछ कहना था?" दुष्यंत को यूँ चुप देखकर अवनी ने टोका।

"अवनी, मुझे लग रहा है कि तुम काफ़ी व्यस्त हो। पर अगर तुम थोड़ा वक्त मेरे प्रोडक्ट के लिए निकाल पाओ तो शायद हम यह काम जल्दी ख़त्म कर पाएं।"

अवनी कुछ पल उसे यूँ देखती रही जैसे कुछ सोच रही हो। फिर उसने फ़ोन को वापस कान से लगाकर फ़ोन में कहा, "मैं तुम्हें वापस कॉल करती हूँ।" फ़ोन काटते हुए वह दुष्यंत की तरफ़ वापस पलटी, "जल्दबाज़ी में लिए गए फैसले अक्सर ग़लत निकलते हैं। तो हमें थोड़ा वक्त तो लगेगा तुम्हारे काम और तुम्हें समझने में। रही बात मेरी, तो उसकी चिंता तुम मत करो। मुझे जितना पता होना चाहिए उतनी जानकारी मेरी टीम मुझे रोज़ देती रहती है। मेरी सलाह रहेगी कि तुम मेरी टीम की सारी शंकाओं का जल्द-से-जल्द समाधान करो ताकि हम कोई निर्णय ले सकें।"

"जल्दबाज़ी में लिए गए फैसले अक्सर ग़लत निकलते हैं।" अवनी के चेहरे पर कोई भाव नहीं था। उसके भावविहीन चेहरे से दुष्यंत कोई अंदाज़ा नहीं लगा पा रहा था पर उसकी कही पहली पंक्ति से उसका दिल जैसे धक सा बैठ गया। क्या वह उनके पुराने संबंधों की तरफ़ इशारा कर रही थी? उसे समझ नहीं आया। "अवनी, हमारे बीच जो कुछ भी हुआ....." वह

अपनी बात पूरी कर पाता इससे पहले अवनी ने उसे टोका।

"दुष्यंत प्लीज़। हमारे बीच जो था वह सब उस रात ख़त्म हो गया था। मुझे उसके बारे में कोई बात नहीं करनी। बेहतर होगा तुम भी अपने काम पर ध्यान दो और पुरानी बातों को दोबारा कभी मत छेड़ना।" अवनी ने झिड़कते हुए कहा और पलटकर दूसरी दिशा में बढ़ चली।

दुष्यंत स्तब्ध-सा कुछ पल वहीं खड़ा रहा। उसे अवनी से ऐसी बेरुख़ी का बिल्कुल अंदाज़ा नहीं था। फिर वह पलटकर चुपचाप जाकर अपनी निर्धारित जगह पर बैठ गया।

दुष्यंत को कुछ समझ नहीं आ रहा था कि आगे करना क्या है। अवनी के रवैये से उसे कुछ समझ नहीं आया था कि वह दुष्यंत की डील को करने में रुचि रखती भी थी या नहीं। ऊपर से उसकी टीम रोज़ नए डेटा की मांग करती जा रही थी। उन सारे डेटा को इकट्ठा करके उन्हें सौंपने में वक्त लग रहा था। दूसरी तरफ़ दुष्यंत और हर्ष दोनों की अनुपस्थिति से इंडिया के उसके ग्राहक भी शिकायत करने लगे थे। दुष्यंत ने किसी को भी अभी तक हर्ष के कंपनी से निकल जाने के बारे में नहीं बताया था और वह जितना हो सकता था उतना यहीं पेरिस में वक्त निकालकर ग्राहकों से बात कर रहा था। पर ऑफिस का सारा काम वह यहाँ से ख़ुद देख नहीं पा रहा था जिसकी वजह से कुछ ग़लतियाँ भी होने लगी थीं जिससे एक-दो ग्राहक नाराज़ भी हो गए थे।

"अगर अवनी इस डील को करने में रुचि नहीं रखती है तो यहाँ वक़्त बर्बाद करके कोई फ़ायदा नहीं है। मुझे एक-दो दिनों

में कोई ना कोई फैसला लेना ही होगा।" दुष्यंत अब तक उतावला हो चुका था और अपनी जगह से उठकर खिड़की के सामने खड़ा हो बाहर का नज़ारा देखते हुए सोचता रहा। कुशाग्र का भी कहीं पता नहीं था। उस दिन के बाद से वह जैसे गायब हो गया था। दुष्यंत ने अवनी की टीम से भी पूछा था पर उन्हें कुशाग्र के शेड्यूल के बारे में कुछ भी मालूम नहीं था। "मुझे किसी से तो बात करनी होगी।" दुष्यंत सोचता रहा।

"हाय।" दुष्यंत अपने में खोया था कि तभी पीछे से आवाज़ आई।

हड़बड़ाकर वह पीछे पलटा। वहाँ लीना खड़ी थी।

"तुम तो लगता है मुझे भूल ही गए हो। कितने दिनों से तुम्हें देखा ही नहीं। सब ठीक चल रहा है ना? कुछ भी परेशानी हो तो प्लीज़ मुझे बताना। तुम यहाँ हमारे मेहमान हो और तुम्हारी कोई भी परेशानी से कुशाग्र नाराज़ हो जाएँगे।" उसने मुस्कुराते हुए कहा।

"कुशाग्र!" लीना के मुँह से वह नाम सुनते ही दुष्यंत को जैसे अपनी परेशानी का हल नज़र आ रहा था।

"कुशाग्र, वे वापस आ गए हैं क्या? मुझे उनसे कुछ ज़रूरी बात करनी थी।" उसने पूछा।

"सॉरी। फैक्ट्री की प्रॉब्लम हमारी सोच से ज़्यादा वक़्त ले रही है। पर कुशाग्र रोज़ तुम्हारी खोज-ख़बर लेते रहते हैं। इसीलिए पूछ रही हूँ कि अगर कोई प्रॉब्लम हो तो मुझे बताना। कुशाग्र तक ऐसी प्रॉब्लम पहुँचे जो किसी ने देखी ही नहीं हो, यह उन्हें पसंद नहीं है।"

“एक छोटी-सी प्रॉब्लम है तो, पर समझ नहीं आ रहा है कि क्या करूँ?”

“क्या प्रॉब्लम है, बताओ तो। शायद मैं कुछ हल निकाल सकूँ।” लीना ने सामने की चेयर खींचकर बैठते हुए पूछा।

“तुम्हें तो पता ही है कि जब मैं आया था तो कुछ दिनों की प्लानिंग कर आया था। कुशाग्र के कहने पर मैंने मेरा प्रोग्राम कुछ दिन और आगे धकेल दिया और यहाँ रुक गया। पर अब दो हफ़्ते होने को आए हैं। मेरी वापसी का भी दिन क़रीब आ रहा है। पर हम अभी भी किसी निष्कर्ष तक पहुँचते हुए लग नहीं रहे। तो आगे क्या करना है मैं यह सोचकर थोड़ा परेशान था।”

“इसमें परेशान होने वाली क्या बात है? क्या तुम्हें गेस्ट हाउस में कुछ तकलीफ़ हुई है? किसी ने कुछ कहा क्या तुमसे? अगर तुम्हें वहाँ ठीक नहीं लग रहा तो हम कोई होटल बुक कर देते हैं। जैसा तुम्हें ठीक लगे।”

“नहीं, नहीं ऐसी कोई बात नहीं है। मुझे गेस्ट हाउस से कोई परेशानी नहीं है।”

“तो फिर क्या प्रॉब्लम है? तुम वहाँ आराम से रहो जब तक काम ख़त्म नहीं हो जाता। रह गई वीज़ा और टिकट की बात, तो वह मेरी टीम सँभाल लेगी। जब भी तुम्हारा जाना फाइनल होगा, हम टिकट करवा देंगे। रही बात तुम्हारे प्रोडक्ट के बारे में, तो एक बार खुलकर अवनी से बात करके देखो।”

“मैंने करने की कोशिश की थी।”

“फिर?”

“उसके लहजे से कुछ समझ नहीं आया। वह मीटिंग में भी एक-दो बार ही आई है, वह भी बस 5-10 मिनट के लिए। इसलिए मैं सोच रहा था कि अगर कुशाग्र आने वाले हैं तो मैं एक दफ़ा उनसे खुलकर बात करके देखूँ।” दुष्यंत ने आशा भरी नज़रों से लीना की तरफ़ देखते हुए पूछा।

लीना ने कुछ कहा नहीं। बस एकटक दुष्यंत की ओर देखती रही।

“हैलो। कहाँ खो गईं?” दुष्यंत ने उसे चुप देखकर पूछा।

“सोच रही थी कि तुम्हारे सवाल का जवाब कैसे दूँ। खैर, तुम्हारे सवाल का जवाब देने से पहले ज़रूरी है कि तुम कुछ बातें जान लो। और वे बातें तुम्हें बताने में कुछ वक्त लगेगा। तो अगर तुम व्यस्त नहीं हो, तो साथ में लंच पर चलें?”

“ओके।” लीना की बातों से दुष्यंत में एक उत्सुकता जाग उठी। लीना ऐसा क्या बताने वाली थी?

“ठीक है। मैं तुम्हें 1 बजे लॉबी में मिलती हूँ। अभी मैं भागती हूँ। एक ज़रूरी काम याद आ गया है।” कहती हुई लीना उठी और अपने केबिन की ओर भागी।

दुष्यंत आगे कुछ कह नहीं पाया। वह चुपचाप उसे जाते हुए देखता रहा।

अध्याय 14

लंच ब्रेक

कुछ घंटों के बाद दुष्यंत और लीना उनके ऑफिस के पास के एक रेस्टोरेंट में बैठे हुए लंच कर रहे थे। लीना ने ही खाने का ऑर्डर दिया था।

"सॉरी, मैंने तुमसे पूछे बिना पास के इस रेस्टोरेंट में टेबल बुक की है। यहाँ का खाना बेहद लोकप्रिय है। मुझे यक़ीन है तुम्हें पसंद आयेगा।" लीना ने बताया जब वह दुष्यंत से 1 बजे लॉबी में मिली। "चलें?"

"ज़रूर, चलो।" दुष्यंत ने ज़्यादा कुछ कहा नहीं और उसके साथ चल पड़ा। उसका दिमाग़ लगातार लीना की ऑफिस में कही बात पर टिका था। "ऐसी क्या बात थी जो वह बताना चाहती थी?" वह सोचता रहा।

दोपहर के वक्त उनके ऑफिस के आस-पास का इलाक़ा खचाखच गाड़ियों से भरा था। लीना के सुझाने पर वे दोनों पैदल एक पतली गली से चलकर 15 मिनट के अंदर रेस्टोरेंट के पास पहुँच गए। लीना ने रेस्टोरेंट के ऐप पर पहले ही खाने

का ऑर्डर दे दिया था तो उनके बैठते ही 10 मिनट के अंदर उनका ऑर्डर आ गया। खाना सचमुच काफ़ी लज़ीज़ था।

लंच के दौरान लीना बस इधर-उधर की बातें करती रही। जब काफ़ी देर तक उसने कुछ नहीं कहा तो दुष्यंत ने ही बात छेड़ने की सोची।

"तुम कुछ बता रही थी ऑफिस में। बताओ क्या बात है?"

लीना एक बार फिर उसकी तरफ़ देखकर मुस्कुराई और बोली, "अरे पहले खाने का आनंद तो ले लो। इतनी मुश्किल से मैंने इतने लोकप्रिय रेस्टोरेंट में टेबल रिज़र्व करवाई और तुम इसके खाने, यहाँ के इतिहास और आस-पास के मनोरम दृश्यों की जगह ऑफिस के बारे में बात करना चाहते हो। मुझे मालूम है इंडिया में खाने के दौरान लोग काम की बातें करते हैं पर यहाँ खाने के दौरान काम की बातें करना अभद्र माना जाता है। कुछ लोग तो ऐसा करने पर बुरा भी मान जाते हैं। तो तुम खाने पर ध्यान दो। काम की बातें हम बाद में करेंगे।" कहते हुए वह एक बार फिर सामने रखे खाने का लुत्फ़ उठाने लगी।

लीना की बात सुनकर दुष्यंत झेंप गया। यह सच था कि अपनी सोच में खोया हुआ वह लीना की बातों में अभी तक बहुत ज़्यादा रुचि नहीं ले रहा था और सिर्फ़ हाँ-हूँ में बात कर रहा था। उसने काम की बात वापस नहीं छेड़ी और अपनी चिंताओं को दरकिनार कर लीना के साथ इधर-उधर की बात करते हुए खाने का आनंद लेने में जुट गया। लीना ने उसे अपने घर-परिवार, काम, पसंद-नापसंद के बारे में बहुत कुछ बताया और दुष्यंत से उसके घर-परिवार और इंडिया के बारे में काफ़ी

उत्सुकता से पूछती रही। दुष्यंत भी संयम के साथ सब सही-सही बताता रहा।

"यह तुम्हारा पेरिस आने का पहला मौक़ा है क्या?" खाना ख़त्म होने पर टेबल पर से उठते वक्त लीना ने पूछा।

एक पल के लिए दुष्यंत झिझका। अचानक उसके सामने पिछली पेरिस ट्रिप की यादें एक सिनेमा की रील की तरह चलने लगीं। वह काफ़ी देर उसी अवस्था में स्तब्ध बैठा रहा जैसे किसी ने उसके अंदर के उस कोने में झाँक लिया हो जो वह सबसे छिपाकर रखना चाहता था। दरअसल सच्चाई तो यह थी कि अवनी के साथ बिताए पल वह कभी भूल ही नहीं पाया था। जो हुआ उसके लिए वह अवनी को दोष देकर, उससे संबंध तोड़ लेने को जायज़ ठहराता रहा पर उसके बाद किसी भी और लड़की के साथ डेट पर उसे कोई जुड़ाव महसूस ही नहीं हुआ। धीरे-धीरे उसने डेट पर जाना भी छोड़ दिया और ख़ुद को अपने काम में डुबोकर खो गया।

"अरे कहाँ खो गए? सब ठीक? मैंने पूछा तुम पहले भी पेरिस आए हो या यह तुम्हारा यहाँ आने का पहला मौक़ा है?" लीना ने वापस दोहराया।

"पहला ही मौक़ा है।"

"वाह! फिर तो हमारे शहर में तुम्हारा दिल से स्वागत है। पेरिस को आशिक़ों का शहर कहा जाता है और इसके अलावा भी आस-पास में यहाँ बहुत कुछ है देखने के लिए। मैं देख रही हूँ कि तुम जब से आए हो, बस काम में ही खोए हो। थोड़ा वक्त घूमने-फिरने के लिए भी निकालो। और जब पेरिस घूमना

हो जाए तो यहाँ से थोड़ी दूर पर वर्साय का पैलेस और गार्डन है। वापस इंडिया जाने से पहले वह ज़रूर देखना। वह पैलेस इतिहास की धरोहर है जहाँ तुम्हें फ्रांस के बारे में काफ़ी कुछ जानने को मिलेगा। उस गार्डन में तो जैसे इश्क़ हर कोने में बिखरा पड़ा है। एक बार तुम उस गार्डन में अंदर घुसोगे तो तुम्हारा बाहर निकलने का दिल ही नहीं करेगा। इसके अलावा भी कुछ और जगहें हैं.....” लीना उत्साह के साथ और भी जगहों के बारे में बताती रही।

पर दुष्यंत का दिल वर्साय का ज़िक्र सुनकर वापस थम-सा गया था। कहीं ना कहीं उसे अब इस लंच पर आने के लिए अफ़सोस भी हो रहा था। अवनी को देखते ही वे सारे ख़यालात जो उसने अपने दिल के किसी कोने में दफ़्न कर रखे थे वे वापस से उबाल मार रहे थे। पर उसने किसी तरह अपने मन को समझाया और अवनी से ऑफिस के काम के अलावा कोई बात नहीं की। पर अभी यहाँ बैठे उसे पिछले ट्रिप की हर छोटी-से-छोटी बात वापस से याद आ रही थी। उसे एहसास हो रहा था कि वह बेरुख़ी का नाटक और नहीं कर पाएगा और उसे अवनी से बात करनी ही होगी। पर क्या बात और कैसे करेगा यह उसे समझ नहीं आ रहा था। अवनी की याद से उसके चेहरे पर हल्की-सी मुस्कुराहट उभर आई।

“क्या सोचकर मुस्कुरा रहे हो? हमें भी बताओ।” लीना ने उसे यूँ मुस्कुराता देखकर पूछा। वह उसे यूँ देख रही थी जैसे वह उसके दिल में झांक पा रही हो।

“नहीं कुछ ख़ास नहीं। कुछ पुरानी बातें याद आ गई थीं।

वापस चलें?" दुष्यंत ने सीट से उठते हुए कहा।

अब तक उनका खाना ख़त्म हो चुका था।

"हाँ चलो। काफ़ी देर हो गई।" कहती हुई लीना बिल पेमेंट करने के लिए काउंटर की तरफ़ बढ़ी।

दुष्यंत जानता था कि उसे अब अवनी से बात करनी ही थी। वह जल्द-से-जल्द वापस जाकर उसे देखना चाहता था।

थोड़ी देर बाद दोनों वापस पैदल ऑफिस की तरफ़ लौट रहे थे।

"चलो अब काम की बात करते हैं।" लीना ने आगे बढ़ते हुए कहा।

लीना की उम्र दुष्यंत से ज़्यादा रही होगी पर वह अपनी उम्र से कई साल छोटी दिखती थी। क़द-काठी से वह किसी एथलीट की तरह थी।

दुष्यंत लीना से कम उम्र का होने के बावजूद उससे कदम-से-कदम मिलाकर चलने में दिक़्क़त महसूस कर रहा था। पर उसकी बात सुनते ही दुष्यंत के कान खड़े हो गए और वह उसके साथ कदम-से-कदम मिलाकर चलने के लिए लपका। "हाँ बताओ।"

"देखो जहाँ तक तुम्हारे रहने, खाने-पीने, वापसी की टिकट और वीज़ा का सवाल है तो वह तो मेरी टीम सँभाल लेगी पर तुम्हारे प्रोडक्ट के बारे में कोई भी फ़ैसला अवनी ही करेगी। तो बेहतर होगा कि अगर तुम उससे खुलकर बात करो और वह अगर कोई भी शंका ज़ाहिर करती है तो उसका समाधान करो।"

"पर आख़िरी फ़ैसला तो कुशाग्र ही लेंगे ना?" दुष्यंत ने वापस पूछा।

लीना अगले कुछ कदम बिना कुछ बोले चलती रही जैसे कुछ सोच रही हो। फिर वह अपनी जगह पर रुककर दुष्यंत की तरफ़ पलटी। दुष्यंत जो उसके कदम-से-कदम मिलाने के लिए लगभग दौड़-सा रहा था, इस अकस्मात् रुकावट के लिए तैयार नहीं था। उसने किसी तरह अपने-आप को रोका।

"देखो दुष्यंत, पिछले दो हफ़्तों में जितना मैं तुम्हें जानती हूँ, तुम एक अच्छे इंसान जान पड़ते हो। मैं बस इस कंपनी की मुलाज़िम हूँ पर जितना मैंने पिछले 5 सालों में कुशाग्र और अवनी को देखा है उससे मैं इतना तो यक़ीन से कह सकती हूँ कि कुशाग्र अवनी के फ़ैसले को नहीं बदलेंगे। इसलिए बेहतर होगा अगर तुम अवनी को मनाओ। कुशाग्र ख़ुद-ब-ख़ुद मान जाएँगे।"

लीना की बात सुनकर दुष्यंत को अवनी और कुशाग्र की नज़दीकियों के बारे में सोचकर थोड़ी जलन-सी हुई। यह सच था कि पिछले 5 सालों में उसने अवनी को देखा तक नहीं था और अवनी को अपनी जिंदगी जीने का पूरा हक़ था पर फिर भी उसको किसी और के साथ सोचकर दुष्यंत को कुछ अजीब-सा लगा। "ऐसा क्या रिश्ता है अवनी और कुशाग्र में?" अनायास ही उसके मुँह से निकल गया।

"भाई, वह तो मुझे नहीं पता, पर कुछ तो बात ज़रूर है अवनी में कि कुशाग्र जैसा इंसान भी उस पर फ़िदा है।" लीना ने दुष्यंत के सवाल को ज़्यादा तवज्जो ना देते हुए कहा। "4

साल पहले कुशाग्र किसी काम से इंडिया गए थे और जब वापस लौटे तो अवनी और उसकी बेटी उनके साथ थे। उस दिन से अवनी हम सबकी जिंदगी का हिस्सा है। अवनी को म्यूजिक कंपनी में काम करने का अनुभव था और शायद इसीलिए कुशाग्र ने उसे इस कंपनी का काम सँभालने के लिए सौंपा। अवनी ने दिन-रात मेहनत करके इतने कम समय में हमारी म्यूजिक कंपनी को कहाँ से कहाँ पहुँचा दिया। कुशाग्र वैसे तो अच्छा इंसान है पर उसकी ज़िन्दगी का एक ही मक़सद है और वह है पैसे कमाना। और अवनी का स्वभाव इससे बेहद विपरीत है। उसे पैसों से ज़्यादा लोगों की क़द्र हैं। तो हमें तो लगा था कि अवनी शायद यहाँ बहुत दिन नहीं टिक पायेगी। पर तुम ही देखो इतने कम वक्त में वह मुलाज़िम से पार्टनर बन गई है, सिर्फ़ अपनी मेहनत के दम पर। इसी वजह से कुशाग्र भी उसकी इज़्ज़त करता है और कभी उसके फ़ैसले में हस्तक्षेप नहीं करता। वैसे उसकी बेटी सारा बेहद ही प्यारी है।"

"अवनी की बेटी है?" दुष्यंत को कुछ समझ नहीं आया। 5 साल पहले जब वह अवनी से मिला था तो वह सिंगल थी। "तो क्या उसने उस रात के हादसे के बाद तुरंत किसी से शादी कर ली?" दुष्यंत सोचता रहा पर उसे कुछ नहीं सूझा। उसने आगे लीना से कुछ नहीं पूछा और चुपचाप उसके साथ चलता रहा।

आधे घंटे के अंदर वे ऑफिस वापस पहुँच चुके थे।

"ऑल द बेस्ट।" कहती हुई लीना अपने केबिन की तरफ़ बढ़ चली।

अपनी सीट पर आकर दुष्यंत ने कंप्यूटर चालू किया। उस पर सामने अवनी से आया एक ईमेल था।

अध्याय 15

इंकार

उस ईमेल को खोलते ही दुष्यंत के पाँव तले ज़मीन खिसक गई। एक पल के लिए उसे समझ नहीं आया कि क्या हुआ था। उसने वह ईमेल दोबारा पढ़ा।

"अवनी ने उसका प्रपोजल ठुकरा दिया था!" ईमेल में लिखा था, "मिस्टर दुष्यंत, आपको बताते हुए खेद हो रहा है कि हम आपका प्रपोजल स्वीकार नहीं कर पाएंगे। आपके द्वारा दी गई जानकारी के आधार पर हमने इसे बारीकी से परखा पर यह हमारी भविष्य की प्लानिंग से मेल नहीं खाता। इसलिए हम आपकी कंपनी में निवेश नहीं कर पाएंगे। आपके वक्त के लिए शुक्रिया। आपकी वापसी का बंदोबस्त कर जल्द ही आपको अवगत करा दिया जाएगा। ...अवनी।"

उस ईमेल की शुरुआत में ही "डियर दुष्यंत" की जगह "मिस्टर दुष्यंत" लिखा था। वह ईमेल पढ़कर दुष्यंत को कुछ अजीब-सा लगा। उसे समझ नहीं आया कि मसला क्या था। अभी तो अवनी की टीम ने उसके प्रोडक्ट को पूरी तरह से

समझा भी नहीं था। उनकी म्यूजिक कंपनी के साथ तालमेल बिठाकर उसके प्रोडक्ट की जाँच करने में अभी और वक्त लगना था। फिर अचानक से ऐसा क्या हुआ कि अवनी ने मना कर दिया।

दुष्यंत बैठा हुआ सोच ही रहा था कि तभी सामने टेबल पर रखा फ़ोन बजा।

"हैलो।"

"हाय दुष्यंत।" दूसरी तरफ़ लीना थी।

दुष्यंत को कुछ-कुछ अंदाज़ा था कि लीना ने क्यों फ़ोन किया था। उस कंपनी की बुकिंग का सारा काम लीना की टीम ही देखती थी। "मुझे अभी-अभी अवनी का एक ईमेल आया है। तुम्हारी उससे कुछ बात हुई है क्या?"

"नहीं, मेरी सुबह के बाद कोई बात नहीं हुई है। मुझे भी थोड़ी देर पहले अवनी का ईमेल आया है जिसमें उसने मेरा प्रपोजल रिजेक्ट कर दिया है। कोई वजह नहीं बताई है।"

"सॉरी दुष्यंत। मुझे तुम्हारी वापसी का बंदोबस्त करने के लिए कहा गया है।"

"पर क्यों? कुछ समझ नहीं आ रहा है। अवनी ने सुबह कहा था कि उसकी टीम सारी जानकारी उसे दे रही है और उसकी टीम को अभी बहुत कुछ समझना बाक़ी है। मेरे प्रोडक्ट का इस्तेमाल उनकी म्यूजिक ऐप में टेस्ट करना भी बाक़ी है। फिर यह अचानक से क्यों?" दुष्यंत को समझ नहीं आ रहा था कि आगे क्या करना है।

"मुझे कुछ पता नहीं। सॉरी मैं कोई मदद नहीं कर पायी।"

लीना की आवाज़ में असहायता साफ़ झलक रही थी।

"कुशाग्र से बात हो सकती है क्या?"

"कोशिश करके देख लो। मैं और कुछ नहीं कह पाऊँगी।" कहते हुए लीना ने फ़ोन रख दिया।

दुष्यंत ने कुशाग्र के नंबर पर फ़ोन लगाया। उसका कॉल सीधा वॉइस मेल पर जा रहा था। "हाय कुशाग्र। दुष्यंत बोल रहा हूँ। कुछ ज़रूरी बात करनी है। प्लीज़ वापस कॉल करो। शुक्रिया।" दुष्यंत ने मैसेज छोड़ा और फ़ोन रख दिया।

थोड़ी देर वह अपनी जगह पर उसी अवस्था में बैठा रहा। उसकी आँखों के सामने उसके सपने धराशायी होते जा रहे थे। लीना ने उसे बताया था कि अवनी के मना करने पर कुशाग्र कुछ नहीं करेगा। अगर ऐसा हुआ तो उसकी कंपनी खुराना के हाथों बेचने के अलावा कोई और उपाय नहीं बच गया था। धीरे-धीरे दुष्यंत का पारा चढ़ता जा रहा था। जब नहीं रहा गया तो वह गुस्से में तमतमाता अपनी जगह से उठा और अवनी को ढूँढता उसके केबिन की ओर बढ़ा।

"तो वह इस तरह उस रात का बदला लेने की सोच रही है। मैं इतनी आसानी से उसे जीतने नहीं दूँगा।" गुस्से से आग-बबूला वह उसके केबिन में घुसा। वहाँ कोई नहीं था। वह वापस पलटा और आगे क्या करना है यह सोच ही रहा था कि सामने से अवनी की टीम का एक सदस्य जॉर्ज आता हुआ दिखा।

"जॉर्ज।" दुष्यंत ने उसे आवाज़ लगाई।

"हाय।" दुष्यंत की आवाज़ सुनकर जॉर्ज एक पल को

चौंका। उसे दुष्यंत के वहाँ होने की बिल्कुल आशा नहीं थी।

"तुमने अवनी को देखा है क्या? मुझे उससे बात करनी है।"

"अभी कहाँ है यह तो पता नहीं। वह थोड़ी देर पहले ऑफिस से बाहर निकली है।"

"अच्छा।" दुष्यंत सोचता रहा। "उनका कोई पता है क्या जहाँ मैं उनसे जाकर मिल सकूँ? कुछ ज़रूरी बात करनी है।"

जॉर्ज थोड़ा झिझका। पर दुष्यंत के ज़ोर देने पर आख़िर मान गया और उसने अवनी के घर का पता बता दिया।

"थैंक यू।" कहकर दुष्यंत जाने ही वाला था कि अचानक कुछ सोचकर वह पलटा, "मुझे थोड़ी देर पहले अवनी का एक ईमेल आया है। तुम्हें उसके बारे में कुछ मालूम है क्या?"

"हाँ, हमारी टीम को भी आया है। इसलिए मैं तुम्हें यहाँ देखकर आश्चर्यचकित था। वैसे अवनी ने यह फ़ैसला क्यों लिया मालूम नहीं। अभी तो हम तुम्हारे प्रोडक्ट को ठीक से समझ भी नहीं पाए हैं। उसका इस्तेमाल समझने में अभी वक्त लगने वाला था। फिर ना जाने क्यों अवनी ने हम सबको इस प्रोडक्ट पर काम करने से मना कर दिया है। मुझे तो कुछ समझ ही नहीं आया। दो हफ़्ते की मेहनत बर्बाद हो गई। खैर वापस जाने से पहले टीम से मिलकर जाना। अभी मैं निकलता हूँ। एक मीटिंग के लिए देर हो रही है।" कहते हुए जॉर्ज ने दुष्यंत से हाथ मिलाया और अपने रास्ते चल पड़ा।

पर दुष्यंत को अपना जवाब मिल गया था। अवनी ने उसका प्रपोजल इसलिए नहीं ठुकराया था कि वह काम का

नहीं था। बात कुछ और थी। और दुष्यंत की समझ से वह बात कुछ और नहीं थी बल्कि उस रात का बदला था जब सबके सामने उसने अवनी को बुरा-भला कहा था और नताशा के साथ बाहर निकल गया था।

"नताशा!" उस नाम की याद आते ही दुष्यंत को कुछ अजीब-सा लगा। "जो सब हो रहा था उसमें से कुछ नहीं हुआ होता अगर उसने जल्दबाज़ी में नताशा को प्रपोज़ नहीं किया होता या फिर नताशा ने उसका प्रपोजल रिजेक्ट नहीं किया होता। क्या पता नताशा ने ही शायद हर्ष को कंपनी छोड़ने के लिए भड़काया हो।" दुष्यंत जितना ज़्यादा सोच रहा था उसका दिमाग़ उतना ही ज़्यादा घूम रहा था। "मैं अवनी को एक बार उसकी असलियत कि वह कितनी गिरी हुई औरत है बताए बिना यहाँ से नहीं जाने वाला।" सोचते हुए वह ऑफिस से बाहर निकला।

अभी तक कुशाग्र का कोई कॉल या मैसेज नहीं आया था। दुष्यंत जानता था कि इसका मतलब साफ़ था। अधिक उम्मीद थी कि अवनी ने कुशाग्र को अपने फैसले से अवगत करा दिया था और इसीलिए कुशाग्र दुष्यंत का कॉल नहीं ले रहा था।

ऑफिस से निकलते-निकलते शाम हो गई। दुष्यंत इतने गुस्से में था कि ऑफिस से निकलकर सामने के पब में जाकर पूरी बोतल व्हिस्की गटक गया और फिर बाहर आकर टैक्सी ले अवनी के घर की ओर निकल पड़ा। पेरिस के ट्रैफ़िक में फँसकर दुष्यंत को 2 घंटे से ज़्यादा का वक़्त लगा अवनी के घर तक पहुँचने में। अब तक टैक्सी में बैठे-बैठे शाम की ठंडी

हवा के झोंकों से उसका गुस्सा काफ़ी कम हो गया था, पर एक अजीब क़िस्म की झुंझलाहट अब भी उसके अंदर मौजूद थी। उसे अब भी यक़ीन नहीं हो रहा था कि जिस अवनी की तस्वीर उसके ज़हन में बसी थी और जो अवनी पिछले दो हफ्तों से उसके सामने थी वह कितनी अलग थी। उसे एहसास था कि कहीं ना कहीं शायद अवनी के व्यवहार के लिए वह ख़ुद ज़िम्मेदार था पर एक सच्चा इंसान किसी और की वजह से अपनी फ़ितरत तो नहीं बदलता ना? फिर अवनी इतना कैसे बदल गई? रह-रहकर दुष्यंत को वह हादसा याद आ रहा था जो उसके पिछले पेरिस ट्रिप के दौरान अवनी से मिलने के दूसरे या तीसरे दिन हुआ था।

उस दिन वह और अवनी जहाँ घूमने जाने वाले थे उस जगह पर गाड़ी नहीं जा सकती थी और उन्हें ट्रेन लेकर एक स्टेशन तक जाना था और वहाँ से बाक़ी सफ़र पैदल ही तय करना था। वे निर्धारित समय पर ट्रेन स्टेशन पहुँच गए थे।

"तुम जाकर टिकट निकालो। मैं तब तक गाड़ी पार्किंग में लगाकर प्लेटफॉर्म पर मिलता हूँ।" दुष्यंत ने अवनी को स्टेशन के मुख्य द्वार पर उतारते हुए कहा था।

"ओके। मैं टिकट निकालकर तुम्हें प्लेटफॉर्म पर मिलती हूँ।" कहती हुई अवनी दमकती हुई स्टेशन के अंदर की ओर चल पड़ी।

थोड़ी देर बाद जब दुष्यंत प्लेटफॉर्म पर पहुँचा तो उसे सामने से अवनी आती हुई दिखाई दी।

"दुष्यंत, तुम्हारे पास दो यूरो छुट्टे हैं क्या?" अवनी ने पूछा।

"हाँ, हैं तो। क्या हो गया?" दुष्यंत ने जेब में सिक्का टटोलते हुए पूछा।

"अरे, कुछ नहीं हुआ। मैं टिकट निकालकर प्लेटफॉर्म की तरफ़ आ ही रही थी कि रास्ते में एक बूढ़े-से आदमी ने मेरा रास्ता रोक लिया। पहले तो मैं काफ़ी डर गई। कुछ दिन पहले ही मेरे साथ इतना बड़ा हादसा हुआ जहाँ मेरा पर्स चोरी हो गया। पर उस इंसान की हालत देखकर मैं वहीं रुक गई। मैंने नज़रें इधर-उधर घुमाईं। पर तुम भी कहीं नज़र नहीं आ रहे थे। तो आख़िरकार मैंने उस बूढ़े से ही पूछा, 'क्या परेशानी है बाबा?'"

"मेरी मदद करो। मेरा पासपोर्ट और मोबाइल गुम हो गया है। पता नहीं मेरा बैग कहाँ गिर गया? मुझे यहाँ की भाषा पढ़नी-लिखनी भी नहीं आती है।" उस बूढ़े आदमी ने परेशान आवाज़ में जवाब दिया।

"आप घबराइए मत। आपको पुलिस की मदद लेनी होगी। बताइए मैं कैसे सहायता कर सकती हूँ?" अवनी ने संयम के साथ पूछा।

"क्या तुम मुझे दो यूरो दे सकती हो? उससे मैं अपने पहचान के एक इंसान को फ़ोन कर पाऊँगा जो आकर मुझे ले जाएगा।"

"जी, ज़रूर। पर आपको थोड़ा इंतज़ार करना होगा। मेरे पास तो छुट्टे पैसे नहीं हैं। मेरा पार्टनर आता ही होगा। मैं उससे लेकर देती हूँ। यह लीजिए, आप पानी पीजिए और यहीं इंतज़ार करें। मैं अभी आती हूँ।" कहती हुई अवनी आगे बढ़ने

के लिए मुड़ी।

उस बूढ़े इंसान ने अवनी को यूँ देखा जैसे उसे यक़ीन हो कि वह वापस नहीं आने वाली थी। पर उसने कुछ कहा नहीं और उसके हाथ से पानी की बोतल लेकर वहीं बैठ गया। अवनी फटाफट प्लेटफॉर्म की तरफ़ भागी।

दुष्यंत अवनी की कहानी सुनकर ज़ोर-ज़ोर से हँसने लगा। अवनी एक पल उसे आश्चर्य से देखती रही।

“क्या हुआ? ऐसे क्यों हँस रहे हो?” जब नहीं रहा गया तो उसने पूछा।

“मैं इसलिए हँस रहा हूँ कि तुम कितनी भोली हो। तुम्हें कोई भी इंसान बेवकूफ बना सकता है।”

“बेवक़ूफ़? वह कैसे?”

“वह ऐसे, कि मैडम आप शायद भूल गई हैं कि दो दिन पहले ही आप एक ठगी का शिकार हुई हैं। ऐसे पैसे मांगकर लोगों को ठगने के धंधे यहाँ बहुत सामान्य बात हैं। वह इंसान बस ऐसे ही कुछ कहानी सुनाकर तुमसे दो यूरो ठगने की कोशिश कर रहा था।”

“ऐसा नहीं है। वह सचमुच परेशान दिख रहा था। और रही बात ठगी की, तो सबकी अपनी किस्मत। हर कोई अगर ठगी के डर से लोगों की मदद करना छोड़ देगा तो इंसानियत ही खत्म हो जाएगी। उस दिन अगर तुमने मेरी मदद ना की होती तो ना जाने मेरी क्या हालत होती। तो वैसे ही मेरा फ़र्ज़ बनता है कि मैं उस इंसान की मदद करूँ।” अवनी अपने इरादे में दृढ़ थी।

दुष्यंत ने एक नज़र घड़ी की ओर डाली। फिर कुछ सोचकर अपनी पॉकेट से दो यूरो निकालकर अवनी की ओर बढ़ाता हुआ बोला, "अभी ट्रेन आने में आधा घंटा बाक़ी है। एक काम करते हैं, दोनों साथ में चलते हैं तुम्हारे इस ज़रूरतमंद से मिलने के लिए। मैं लिखकर दे सकता हूँ कि वह वहाँ नहीं होगा।"

"चलो, देखकर आते हैं।" अवनी ने मुस्कुराते हुए कहा था। दुष्यंत को तब भी उसकी मुस्कान कितनी मासूम लगी थी। उसे पूरा यक़ीन था कि अवनी फिर किसी के झाँसे में फँसने वाली थी।

अगले पाँच मिनट के अंदर दोनों उस जगह पर थे जहाँ अवनी ने उस बूढ़े आदमी को छोड़ा था।

"वे रहे।" अवनी ने उस बूढ़े की ओर इशारा करते हुए कहा।

वह बूढ़ा निराश भाव से वहीं ज़मीन पर बैठा था। "तुम वापस आई।" अवनी को देखकर उसकी आँखों में जैसे एक चमक-सी आ गई।

"जी। और यह लीजिए आपके दो यूरो।" कहते हुए अवनी ने दुष्यंत से लिया दो यूरो का सिक्का उस बूढ़े की तरफ़ बढ़ाया।

उस बूढ़े की आँखों में आँसू छलक आए। बिना कुछ कहे वह अपनी जगह से उठा और सामने दीवार पर लगे पे-फ़ोन में वह सिक्का डालकर किसी को फ़ोन मिलाया। थोड़ी देर में जब वह दुष्यंत और अवनी की तरफ़ पलटा तो वह काफ़ी हद तक सामान्य हो चुका था।

"मुझे नहीं पता मैं तुम्हारा यह एहसान कैसे उतार पाऊँगा। तुमसे पहले तीन और लोग मुझे ऐसे ही बिठाकर भाग गए और वापस लौटकर नहीं आए। तुम जब गई थी तो मुझे नहीं लगा था कि तुम भी वापस आओगी, पर तुम आई। तुम सचमुच दिल की बेहद साफ़ और दयालु इंसान हो। एक ऐसा इंसान जो कभी किसी का बुरा नहीं कर सकता। भगवान तुम्हारी हर तमन्ना पूरी करे।" उस बूढ़े आदमी ने आशीर्वाद में अपना हाथ अवनी के सिर पर फेरा था। उसकी बात सुनकर अवनी की आँखें ख़ुशी से छलक उठी थीं।

आज अवनी के घर के दरवाज़े के सामने खड़े दुष्यंत को वे दिन वापस याद आ रहे थे। "तुम सचमुच दिल की बेहद साफ़ और दयालु इंसान हो। एक ऐसा इंसान जो कभी किसी का बुरा नहीं कर सकता।" उस बूढ़े की कही बात भी उसे याद आ रही थी।

पर शायद वक्त के साथ वह अवनी अब बदल चुकी थी। अब इस बदलाव का कितना ज़िम्मेदार दुष्यंत था यह उसे नहीं पता था। उसे पता था तो सिर्फ़ यह कि उस बदलाव का ख़ामियाज़ा आज उसे भुगतना पड़ रहा था। वापस से उसका गुस्सा सिर चढ़ने लगा। उसके कदम थोड़े-से लड़खड़ा रहे थे पर उसने किसी तरह ख़ुद को सँभाला और उसी अवस्था में अवनी के घर का दरवाज़ा खटखटाया।

अध्याय 16

पहली झलक

थोड़ी देर में घर का दरवाज़ा खुला। सामने अवनी खड़ी थी। उसने नाइट गाउन पहन रखा था और बाल सलीके से पीछे बाँधे थे। पर उसकी आँखों में आँसू की बूँदें झिलमिला रही थीं। उसे देखकर ऐसा लग रहा था जैसे वह अभी अंदर रो रही हो। दुष्यंत को सामने खड़े देखकर अचानक से वह स्तब्ध-सी रह गई। "तुम!" उसके मुँह से और कुछ नहीं निकल पाया। हड़बड़ाहट में उसने ख़ुद को सँभाला और पीछे पलटकर आँसू पोंछे। फिर वह दुष्यंत की तरफ़ पलटते हुए बोली, "तुम यहाँ क्या कर रहे हो?"

"मैं यहाँ क्यों हूँ?" दुष्यंत गुस्से में तमतमाया हुआ बोला। "मैं यहाँ इसलिए हूँ कि तुम्हें बता सकूँ कि तुम कितनी गिरी हुई और कमीनी औरत हो। मैंने कभी सपने में भी नहीं सोचा था कि बदला लेने के लिए तुम इतना गिर सकती हो।" कहने को तो उसने कह दिया था पर उसका दिल लगातार अवनी की आँखों में उभर आए आँसुओं पर टिका था। उसे पूरा यक़ीन

था कि अवनी अभी अंदर रो रही थी। "पर क्यों?" उसका दिल बार-बार अवनी से पूछने का कर रहा था। पर उसने ख़ुद को सँभाला। वह उसके आँसुओं में बहकर एक बार फिर ख़ुद को बेवक़ूफ़ नहीं बनने देने वाला था। 'अवनी को अपनी करनी का जवाब देना ही होगा,' वह सोचता रहा।

"बदला! कैसा बदला? और ज़रा धीरे बोलो। आस-पास के लोग सुन लेंगे।" अवनी ने संयम से कहा। अब तक उसके हाव-भाव फिर से सामान्य हो गए थे।

"सुन लेंगे तो सुनने दो। मुझे कोई फ़र्क़ नहीं पड़ता। तुम्हारी असलियत सबको पता होनी चाहिए।" दुष्यंत ने तीखी आवाज़ में कहा।

"दुष्यंत, प्लीज़। मेरे घर के दरवाज़े पर खड़े होकर तमाशा करने की कोई ज़रूरत नहीं है। तुमने कुछ ज़्यादा ही पी रखी है। यह पेरिस है, इंडिया नहीं जहाँ तुम घर की दहलीज़ पर खड़े होकर गाली-गलौज करो और कोई तुम्हें कुछ कहे भी नहीं। यहाँ शरीफ़ लोग रहते हैं और मैं नहीं चाहूँगी कि कोई पुलिस को फ़ोन कर दे। एक बार पुलिस ले गई तो कल सुबह से पहले बाहर नहीं आ पाओगे। इसलिए मेरी सलाह मानो और तुम वापस जाओ। कुछ काम की बात है तो वह हम कल ऑफिस में बात कर सकते हैं। अभी तुम जाओ।" अवनी ने इशारे से उसे जाने के लिए कहा।

"काम की बात! काम की बात करने के लिए तुमने कुछ छोड़ा ही कहाँ है? थैंक्स टू यू, मेरा काम तो तुमने शुरू होने से पहले ही बंद कर दिया। फिर बात करने के लिए बचा ही क्या

है? मुझे तो अब भी यक़ीन नहीं हो रहा कि 5 साल पुराने हादसे का बदला लेने के लिए तुम इतना गिर सकती हो कि मेरे सपनों को बर्बाद करने पर तुल गई। यह मत भूलो कि 5 साल पहले जो हुआ उसकी ज़िम्मेदार सिर्फ़ और सिर्फ़ तुम ख़ुद थीं। और अगर तुम्हें लगता है कि मुझे बर्बाद करके तुम्हें शांति मिलेगी तो यह तुम्हारी गलतफहमी है। मैं तुम्हें इतनी आसानी से तो नहीं जीतने दूँगा।" दुष्यंत की आवाज़ तेज़ होने लगी थी।

अवनी ने नज़रें उठाकर दाएँ-बाएँ देखा। अब तक एक-दो घरों की बंद लाइटें ऑन होने लगी थीं। दुष्यंत की आवाज़ से लोग जागने लगे थे। अवनी जानती थी कि अब बस चंद पलों की बात थी कि उनमें से कोई पुलिस को फ़ोन कर देता और फ़ोन कॉल के कुछ मिनटों में पुलिस वहाँ दुष्यंत के सामने खड़ी होती। दुष्यंत दारू के नशे में इतना लड़खड़ा रहा था कि वह शायद अपना बचाव भी नहीं कर पाता। "मेरी सलाह मानो और अंदर आ जाओ। आस-पास की लाइटें जलने लगी हैं। पुलिस यहाँ किसी भी वक्त आ सकती है।" स्थिति की गंभीरता को भाँपकर अवनी ने दुष्यंत को घर के अंदर आने का आग्रह किया।

दुष्यंत गुस्से में तमतमाता हुआ ही अंदर घुसा। पर अंदर घुसते ही उसका दिल जैसे धक से थम-सा गया। सामने दीवार पर अवनी और उसकी बेटी की एक बड़ी-सी फोटो लगी थी। उस फोटो को देखकर दुष्यंत को कुछ सूझ ही नहीं रहा था। अवनी भी उसके पीछे खड़ी बस उसे घूरे जा रही थी।

अवनी के घर में ड्रॉइंग रूम से होती हुई सीढ़ियाँ ऊपर की

मंज़िल पर जा रही थीं। दुष्यंत कुछ कह पाता इससे पहले वहाँ ऊपर से आवाज़ आई, "कौन आया है माँ?"

उस आवाज़ को सुनते ही अनायास ही दुष्यंत की निगाहें ऊपर की तरफ़ उठ गईं। वह वहाँ सीढ़ियों पर खड़ी थी। सारा। अवनी की 4 साल की बेटी।

कुछ तो था उसके चेहरे में कि दुष्यंत उससे अपनी नज़रें नहीं हटा पा रहा था।

"सारा, अपने कमरे में जाओ। मैं थोड़ी देर में आती हूँ।" स्थिति को भाँपते हुए अवनी ने आगे बढ़कर दृढ़ आवाज़ में सारा से कहा।

नशे में धुत्त दुष्यंत की नज़रें धुंधली हो रही थीं पर वह सारा को देखे जा रहा था। उसका गुस्सा भी ना जाने कहाँ गुम हो गया था।

"ओके। पर जल्दी आना। तुम्हारे राजकुमार और राजकुमारी की इस दुनिया से भी खूबसूरत गार्डन वाली कहानी सुने बिना मुझे नींद नहीं आएगी।" कहती हुई सारा वापस अपने कमरे में चली गई।

"दुष्यंत, मुझे तुम्हें कुछ बताना है।" कहती हुई अवनी दुष्यंत की ओर बढ़ी।

दुष्यंत का सिर अब तक ज़ोर से घूम रहा था। वह गिर पड़ने के कगार पर था, फिर भी उसने किसी तरह ख़ुद को सँभाला। "चाहे जो भी बात हो अवनी, मैं तुम्हें मेरे सपनों को यूँ बर्बाद करने नहीं दे सकता। मैं कुशाग्र से मिलकर उसे हम दोनों की सारी सच्चाई बता दूँगा। मैं उसे बताऊंगा कि कैसे तुम

सिर्फ़ बदले की आग में जलकर अंधी हो गई हो और बिना मेरे प्रोडक्ट को समझे यह डील कैंसिल करने पर तुली हो। सच्चाई सुनने के बाद देखते हैं कि वह कितनी तुम्हारी बात मानता है।" कहते हुए लड़खड़ाता हुआ दुष्यंत बाहर की ओर बढ़ा।

वह दरवाज़े के पास गिरने ही वाला था कि अवनी ने लपककर उसे पकड़ लिया। "मेरी बात सुनो। कुशाग्र की डील तुम्हें बर्बाद कर देगी। वह यह डील सिर्फ़ इसलिए करना चाहता है ताकि वह तुम्हारी कंपनी को किसी और को बेचकर मुनाफ़ा कमा सके। मैं तुम्हें बचाने की कोशिश कर रही हूँ।" उसने दुष्यंत को सहारा देते हुए कहा। "मैं यह बात तुम्हें ऑफिस में नहीं बता सकती थी। मेरा यक़ीन करो।"

"तुम झूठ बोल रही हो। तुम सिर्फ़ अपना बदला लेने की कोशिश कर रही हो और अब पकड़े जाने के डर से नई कहानियाँ गढ़ रही हो।" कहते हुए दुष्यंत ने अवनी के हाथों से अपना हाथ छुड़ाया और बाहर खड़ी टैक्सी में बैठकर निकल पड़ा। उसने पहले ही टैक्सी वाले को अपने ठहरने की जगह का पता दे रखा था। टैक्सी में बैठा धुंधली आँखों से वह बाहर देखता रहा।

अवनी दरवाज़े के पास खड़ी उसे जाते हुए देख रही थी।

अध्याय 17

एहसास

लड़खड़ाता, गिरता-पड़ता दुष्यंत कुछ घंटों के बाद अपने कमरे में पहुँचा। उसकी आँखें खुल नहीं रही थीं पर उसका दिमाग़ घोड़े की तरह दौड़े जा रहा था। कुछ बात थी जिसे सोचकर उसका दिल ज़ोर से धड़क रहा था।

कमरे में घुसते ही सबसे पहले उसने अपना लैपटॉप बैग से निकालकर खोला। लैपटॉप चालू होते ही वह उसके सामने बैठकर कुछ ढूँढ़ने में जुट गया। सामने स्क्रीन पर कई सारे फोटो खुले हुए थे। दुष्यंत उनमें से कुछ ढूँढ़ने की कोशिश कर रहा था। थोड़ी देर बाद एक फोटो पर आकर उसकी उँगलियाँ थम गईं। वह उसके बचपन की फोटो थी। वह जितना उस फोटो को देखता रहा उतनी ही उसकी आँखों से आँसू बहते रहे।

अवनी की बेटी सारा की शक्ल उसके बचपन की तस्वीर से काफ़ी मिलती-जुलती थी। "क्या इसका मतलब यह था कि सारा उसकी बेटी थी?" दुष्यंत को समझ नहीं आ रहा था कि

इतनी बड़ी बात अवनी ने उससे छिपायी क्यों? उसे गुस्सा भी आ रहा था कि अवनी ने 4 साल तक उसकी बेटी को उससे दूर रखा था। उसी गुस्से में उसने अपना फ़ोन उठाया और मैसेज की लिस्ट में अवनी का मैसेज ढूँढ़ने लगा कि कहीं उसने कोई मैसेज भेजा हो जो दुष्यंत ने गलती से ना पढ़ा हो। उसकी किस्मत थी कि उसने पिछले कई सालों से अपना फ़ोन नहीं बदला था और सारे मैसेज फ़ोन में थे। पर उसे अवनी का कोई मैसेज नहीं दिखा। "ऐसा कैसे संभव है?" वह सोचता रहा। अवनी और उसने इतने सारे मैसेज एक-दूसरे को भेजे थे। फिर एक भी मैसेज कैसे नहीं है? उसे पूरा यक़ीन था कि उसने कोई मैसेज डिलीट नहीं किया था। अवनी के अलावा पिछले कई सालों के बाक़ी सारे मैसेज उसके फ़ोन में थे।

दुष्यंत को कुछ सूझ नहीं रहा था। वह काफ़ी देर तक सोचता रहा और तभी अचानक से उसे याद आया। "उस रात अवनी के घर से निकलते ही उसने अवनी के नंबर को ब्लॉक कर दिया था और फिर उसके बारे में बिल्कुल ही भूल गया था।" काँपते हाथों से दुष्यंत ने ब्लॉक नंबर की लिस्ट खोली। उसमें एक ही नाम था, "अवनी।"

पिछले 5 सालों से अवनी के ख़िलाफ़ जो गुस्सा वह अपने अंदर लेकर घूम रहा था, वह आज ज्वाला बनकर अब उसे अंदर-ही-अंदर जला रहा था।

"कोई इतना भी गिरा हुआ कैसे हो सकता है? मैंने क्या सोचा था हमारे बारे में और वह क्या निकली? अब देख ना एक बार भी उसने वापस कॉल या मैसेज नहीं किया है। और मुझे

नहीं लगता कि जो हरकत उसने की है उसके बाद मैं उसकी शक्ल भी देखना चाहूँगा। तो उसका ज़िक्र मत किया कर।" शुरुआत के दिनों में जब हर्ष ने एक-दो बार अवनी का ज़िक्र छेड़ा था तो दुष्यंत ने उसे टोक दिया था। पर सच्चाई आज उसके सामने थी। "अवनी उस तक इसलिए नहीं पहुँच पायी क्योंकि उसने अवनी को ब्लॉक कर दिया था!" थरथराते हाथों से उसने अवनी का नंबर ब्लॉक लिस्ट से हटाया। ब्लॉक लिस्ट से हटाते ही अवनी के दर्जनों मैसेज उभर कर सामने आए। वे सारे मैसेज अवनी ने उस रात के हादसे के बाद अगले कुछ हफ़्तों में उसे भेजे थे। उतने सारे मैसेज में सबसे पहला मैसेज ढूँढ़ने के चक्कर में दुष्यंत मैसेज की लिस्ट पलटता रहा। और तभी उसकी निगाह उस मैसेज पर पड़ी जिसे देखकर उसके पाँव तले ज़मीन खिसक गई। उसे ऐसा महसूस हुआ जैसे किसी ने एक झन्नाटेदार थप्पड़ उसके गाल पर जड़ दिया हो। उसकी हालत ऐसी थी कि काटो तो ख़ून नहीं। उसके हाथ-पाँव फूल गए और उसकी धड़कन इतनी बढ़ गई कि उसके लिए अपने पाँव पर खड़े रहना भी मुश्किल हो गया। इससे पहले वह ख़ुद को सँभाल पाता, वह ज़मीन पर गिरकर बेहोश हो गया।

"सॉरी, मुझे माफ़ कर दो।" पूरी रात वह ज़मीन पर पड़ा बड़बड़ाता रहा।

सुबह जब आँख खुली तो उसका शरीर आँसुओं से तरबतर था। वह पिछली पूरी रात नशे में बेहोश ज़मीन पर पड़ा रोता रहा था। पर आज उसे याद था कि पिछली रात वह क्यों रो रहा

था।

काँपते हाथों से उसने अपना मोबाइल उठाया और उसमें अवनी का मैसेज खोला। वह वीडियो जिसके ख़ातिर उसने अवनी को इतना बुरा-भला कहा था, उसके चरित्र पर दाग लगाया था, उसे उसके दोस्तों के सामने ज़लील किया था और उससे रिश्ता तोड़ लिया था, वह वीडियो वहीं था उस मैसेज की लिस्ट के एक मैसेज के अंदर। उसके साथ एक और वीडियो भी था जो उसने पहले नहीं देखा था।

दोनों वीडियो देखने के बाद सच्चाई उसके सामने स्पष्ट थी। वे दो वीडियो उसके ही मोबाइल से बनाए गए थे, पहला जो उन दोनों का बिस्तर पर साथ में था और दूसरा जिसमें दुष्यंत ख़ुद कह रहा था कि उन दोनों का साथ में वीडियो सिर्फ़ उनकी यादों के लिए था। अवनी उस वीडियो में उसे देखकर मुस्कुरा रही थी। उस वीडियो से साफ़ ज़ाहिर था कि उन दोनों का बिस्तर पर वीडियो नशे की हालत में दोनों ने साथ में बनाया था, ना कि अवनी ने चोरी-छिपे अकेले। नेटवर्क की गड़बड़ी के कारण दूसरा वीडियो अवनी को नहीं पहुँचा और पहला वीडियो अवनी के मोबाइल में ऑटोमैटिक डाउनलोड होने की वजह से नताशा को दिख गया।

उसके अलावा उसमें दर्जनों मैसेज थे जिनमें अवनी कुछ ज़रूरी बात का ज़िक्र करके मिलने की विनती कर रही थी।

आज दुष्यंत को ख़ुद पर घिन आ रही थी। वह जितना सोचता उतना अपनी नज़रों में गिरता जा रहा था। उसे एहसास हो रहा था कि उसने हमेशा एक स्वार्थी इंसान की तरह अपनी

इच्छाओं को दूसरों से ऊपर रखा। हर्ष, नताशा और अवनी की भावनाओं को समझे बिना उसने हर फ़ैसला हमेशा सिर्फ़ अपने नज़रिए से तय किया था।

उसने कभी भी नताशा के दिल की बात जानने की कोशिश ही नहीं की। वह जितना सोचता उतना उसे एहसास हो रहा था कि नताशा ने शुरुआत की कुछ डेट्स के बाद उनके रिश्ते में बहुत ज़्यादा दिलचस्पी नहीं दिखायी थी। दुष्यंत एकतरफ़ा ही उस रिश्ते को खींच रहा था। उस वैलेंटाइन डे पर भी बिना उसके दिल की बात जाने उसने नताशा पर अपना रिश्ता थोपा था, जिसके लिए नताशा ने मना किया था। इसमें नताशा की कोई गलती नहीं थी। उसे अपने जीवन का फैसला लेने का बिल्कुल हक़ था।

हर्ष ने हर कदम पर उसका साथ दिया था। वह ख़ुद अच्छे खाते-पीते घर से था। चाहता तो पहले ही अपने घर के बिज़नेस से जुड़कर आराम की जिंदगी काट सकता था। पर उसने ऐसा नहीं किया और हर मुसीबत में दुष्यंत के साथ खड़ा रहा। बदले में दुष्यंत ने उसे क्या दिया? नताशा और उसके रिश्ते की बात सुनकर खुश होकर उन्हें मुबारकबाद देने की जगह उसे झिड़क दिया। उसे पैसे की ज़रूरत क्यों आन पड़ी, यह पता करने की बजाय उससे मोल-भाव करने लगा।

और अवनी? उसके लिए तो दुष्यंत के पास शब्द ही नहीं बचे थे। किस्मत ने उसे अवनी से मिलवाया। और उसने क्या किया? बिना कुछ सोचे-समझे उसे अपनी ज़िन्दगी से निकाल फेंका। यह भी नहीं सोचा कि इसका उस बेचारी के ऊपर क्या

असर हुआ होगा। और वह अकेले कठिनाइयों से जूझती उनके बच्चे को सँभाल रही थी।

दुष्यंत को पता था कि उसे अब सबके लिए सब कुछ ठीक करना था। कुछ सोचकर उसने मोबाइल पर एक मैसेज भेजा और मुँह धोकर, कपड़े बदलकर बाहर निकल पड़ा।

कुछ देर बाद उसकी टैक्सी एक बार फिर अवनी के घर के बाहर रुकी। टैक्सी से वह देख सकता था कि अवनी और सारा दरवाज़े के सामने खड़े थे। अवनी के चेहरे पर उदासी थी और सारा उसकी उदासी से अनजान इधर-उधर की बातें कर रही थी। सारा ने स्कूल की यूनिफॉर्म पहन रखी थी और वह शायद अपनी स्कूल बस के आने का इंतज़ार कर रही थी। थोड़ी देर में बस आई और सारा अवनी को हाथ हिलाकर बाय कहती हुई बस के अंदर चली गई।

अवनी वापस घर के अंदर जाने के लिए पलटी, तभी टैक्सी से उतरकर दुष्यंत उसके पीछे लपका। "अवनी।"

उसकी आवाज़ सुनकर अवनी अपनी जगह पर रुक गई। इससे पहले कि वह कुछ कहती, दुष्यंत आगे बोल पड़ा, "अवनी तुम कुछ कहो इससे पहले मेरी बात सुन लो। उसके बाद तुम जो भी कहोगी वह मैं सुनूँगा। आई एम सॉरी अवनी। हो सके तो मुझे माफ़ कर दो। मुझे एहसास हो गया है कि मैं बेहद ही ख़ुदगर्ज़ क़िस्म का इंसान रहा हूँ जिसने हर वक़्त सिर्फ़ अपने बारे में सोचा। अपने दोस्तों की, अपने चाहने वालों की, किसी की भावनाओं की कभी परवाह नहीं की। मैंने तुम्हारे साथ जो किया उसके बाद तो शायद भगवान भी मुझे माफ़

नहीं करेंगे। पर मुझे तुम्हारी उस बूढ़े के प्रति सहानुभूति आज भी याद है। तो अगर हो सके तो तुम मुझे माफ़ कर देना। अब मेरे कर्मों का इससे बुरा फल क्या होगा कि मैं अपने बच्चे के सामने भी उसे अपना नहीं कह सकता।" कहते हुए दुष्यंत की आँखें भर आई थीं। एक पल रुककर वह आगे बोला, "हाँ, कल सारा को देखकर मुझे सच्चाई का एहसास हो गया था। पर मैं तुम पर भी कोई फ़ैसला थोपना नहीं चाहूँगा। मैं अभी जा रहा हूँ, सारे ग़लत को सही करने। अगर तुम्हें लगता हो कि मेरी तुम दोनों की जिंदगी में थोड़ी-सी भी जगह हो सकती है तो शाम को मैं उसी स्टेशन पर तुम्हारा इंतज़ार करूँगा जहाँ हम पहली बार मिले थे। अगर माफ़ कर सको तो ज़रूर आना वरना इसे मैं अपने कर्मों का अभिशाप समझकर चुपचाप लौट जाऊँगा। चलता हूँ।" कहकर दुष्यंत वापस जाने के लिए पलटा और टैक्सी में बैठकर आगे बढ़ चला।

अवनी अभी भी अपनी जगह पर बुत बनी खड़ी थी पर उसकी आँखों से आँसुओं की धारा बह रही थी।

अध्याय 18

हमेशा के लिए

अगले कुछ घंटों में कई लोगों की जिंदगी एक साथ बदलने वाली थी।

अवनी के घर से लौटकर दुष्यंत सीधा कुशाग्र के ऑफिस पहुँचा। उसने सुबह-सुबह वह मैसेज कुशाग्र को ही भेजा था। उसकी आशा के अनुसार कुशाग्र की पूरी टीम वहाँ मौजूद थी। वे बस उसके आने का इंतज़ार कर रहे थे।

“हाय।” दुष्यंत को आता देखकर सामने से लीना भागी चली आई। “ऐसा क्या कह दिया तुमने कुशाग्र से कि उसने पूरी टीम को इकट्ठा होने का आदेश जारी कर दिया है?”

दुष्यंत बस उसे देखकर मुस्कुराया और बोला, “थोड़ी देर में ख़ुद ही देख लेना। वैसे शुक्रिया।”

“किस बात के लिए?”

“आज मेरी जिंदगी जो मोड़ ले रही है वह तुमसे मिले बिना कभी संभव नहीं होता। तुमसे मिली जानकारियों की बदौलत ही आज मैं यहाँ हूँ।”

"चलो। मुझे खुशी है कि मैं तुम्हारे कुछ काम आ सकी।"

"चलो, चलें। कुशाग्र के आने का वक्त हो गया है।" दुष्यंत ने घड़ी की ओर देखते हुए कहा।

"कुशाग्र इस मीटिंग में आने वाले हैं? मुझे तो उन्होंने कुछ नहीं बताया।" लीना थोड़ा आश्चर्यचकित भी थी। "यह चल क्या रहा है?"

दुष्यंत सिर्फ़ मुस्कुराया। "अभी पता चल जाएगा। चलो।" कहते हुए वह कॉन्फ़्रेंस रूम की तरफ़ पलटा। लीना भी उसके साथ चल पड़ी। दोनों जब वहाँ पहुँचे तो वहाँ पूरी टीम मौजूद थी सिवाय अवनी के।

"अरे, अवनी नहीं आई? कोई उसे कॉल करो प्लीज़।" लीना ने अपनी टीम की तरफ़ देखकर कहा।

"इस मीटिंग में अवनी नहीं आने वाली है।" दुष्यंत ने लीना की ओर पलटते हुए कहा।

"हाँ, कुशाग्र के मीटिंग इन्वाइट में अवनी का नाम नहीं है।" सामने बैठे उसकी टीम के एक सदस्य ने जवाब दिया।

इससे पहले लीना कुछ और कह पाती, सामने वीडियो कॉन्फ़्रेंस चालू हो गया और स्क्रीन पर कुशाग्र का वीडियो उभर कर आया। सभी लोग ख़ामोश होकर अपनी जगह पर बैठ गए।

"दुष्यंत मेरे दोस्त। बता नहीं सकता कि तुम्हें देखकर मुझे कितनी ख़ुशी हो रही है। माफ़ करना मैं कल तुम्हें वापस कॉल नहीं कर पाया। यहाँ एक के बाद एक मीटिंग में फँस गया था। मैंने सोचा था कि तुम्हें आज सुबह फ़ोन करूँगा, पर उससे

पहले तुम्हारा मैसेज आ गया।"

लीना को पता था कि कुशाग्र झूठ बोल रहा था। पिछले दिन उसके कैलेंडर में एक भी मीटिंग शेड्यूल नहीं थी और वह पूरा दिन ख़ाली था। पर उसकी उत्सुकता सबसे ज़्यादा यह जानने की थी कि आख़िर दुष्यंत ने ऐसा क्या मैसेज भेज दिया कि कुशाग्र पूरी टीम के साथ वहाँ मौजूद था।

दुष्यंत को भी आभास था कि कुशाग्र झूठ बोल रहा था। पर उसे इस बात से कोई फ़र्क़ नहीं पड़ता था। जहाँ तक उसका अंदाज़ा था, कल के उसके मैसेज के बाद कुशाग्र ने अवनी से बात करने की कोशिश की होगी पर अवनी से नकारात्मक जवाब पाकर उसने दुष्यंत को वापस कॉल नहीं किया। पर आज के उसके मैसेज को नज़रअंदाज़ कर पाना कुशाग्र के लिए भी थोड़ा मुश्किल था।

सुबह के अपने मैसेज में दुष्यंत ने सिर्फ़ इतना लिखा था, "डियर कुशाग्र, मैं सिर्फ़ यह कहने के लिए मैसेज कर रहा हूँ कि मुझे मालूम है कि तुम मेरी कंपनी में इसलिए निवेश करना चाहते हो कि उसे मौजूदा हालत में आगे बेचकर मुनाफ़ा कमा सको। मुझे इसमें कोई ऐतराज़ नहीं है। मेरी क़ीमत मैं नीचे लिखकर भेज रहा हूँ। अगर मंज़ूर हो तो बता देना। मेरी सिर्फ़ एक शर्त है कि अगर तुम्हें यह डील करनी है तो यह आज ही करनी होगी। मैं ठीक 11 बजे तुम्हारे ऑफिस पहुँच जाऊँगा। आशा करता हूँ तब तक तुम्हारी टीम सारे पेपर तैयार कर लेगी।"

दो मिनट के अंदर सामने से कुशाग्र का जवाब आया,

"मुझे मंज़ूर है। मेरी टीम आपको ठीक 11 बजे ऑफ़िस में पेपर्स के साथ मिलेगी।"

दुष्यंत के प्लान के मुताबिक अभी तक सब सही चल रहा था। उसने कुशाग्र को खुराना के ऑफर से ज़्यादा अमाउंट पर डील करने के लिए राज़ी कर लिया था। अब सिर्फ़ पेपर साइन करना बाक़ी था।

"मुझे आप सबको बताते हुए ख़ुशी हो रही है कि दुष्यंत की कंपनी में निवेश करने की जगह हमने इनकी कंपनी ख़रीद लेने का फ़ैसला लिया है। हमारी आपस में बात हो चुकी है और इस डील पर आज ही हस्ताक्षर होंगे। टीम से अनुरोध करूँगा कि वे दुष्यंत को एग्रीमेंट दिखा दें। एक घंटे के बाद मैं वापस आऊँगा। तब तक अगर दुष्यंत की कोई शंका हो तो कृपया उसे दूर करें।" कहते हुए कुशाग्र ने वीडियो बंद कर दिया।

"मुबारक हो। कमाल कर दिया तुमने। कैसे किया तुमने यह जादू?" कुशाग्र के जाने के बाद लीना दुष्यंत की तरफ़ पलटकर फुसफुसायी।

"डील होने के बाद लंच पर मिलेंगे। तब बताऊंगा।" दुष्यंत ने हँसते हुए जवाब दिया।

अगला एक घंटा दुष्यंत कुशाग्र की टीम के साथ उनके लीगल पेपर देखता रहा। उसमें लिखा था कि दुष्यंत अपने प्रोडक्ट को जिस अवस्था में वह था उसी अवस्था में कुशाग्र को बेच रहा है।

देखते-देखते अगला एक घंटा गुज़र गया। कुशाग्र एक बार फिर वीडियो पर वापस नज़र आया। "तो अगर सब पेपर का

काम हो गया हो तो साइन कर लें? मेरी तरफ़ से लीना साइन करेगी। वादे के मुताबिक हम 50% रक़म साइन से पहले दुष्यंत के दिए बैंक अकाउंट में अभी ट्रांसफर करेंगे और बाक़ी रक़म भी आज ही पेपर साइन करने के बाद करेंगे। लीना देखना यह सारा काम आज ही हो जाए। अभी मैं चलता हूँ। मेरी अगली मीटिंग का वक्त हो गया है।" कुशाग्र ने कहते हुए वीडियो बंद कर दिया।

"ज़रूर।" लीना मुस्कुराई। "दुष्यंत मुझे बैंक अकाउंट की जानकारी एक पेपर पर लिखकर दे दो। मेरी टीम अभी पैसे ट्रांसफर कर हमें वापस सूचित कर देगी। हम उसके बाद इन पेपर्स पर हस्ताक्षर कर लेंगे।"

दुष्यंत बैंक अकाउंट की जानकारी पहले ही एक पेपर पर लिखकर लाया था। उसने वह काग़ज़ लीना की तरफ़ बढ़ाया। उस काग़ज़ को देखकर लीना एक पल को चौंकी। उस पर हर्ष के बैंक अकाउंट की जानकारी लिखी थी।

दुष्यंत लीना की हिचक महसूस कर सकता था पर उसे वापस आश्वस्त करते हुए बोला, "इसी खाते में पहली रक़म भेजनी है।"

"ओके।" लीना ने आगे कुछ और नहीं पूछा और वह जानकारी अपनी टीम की तरफ़ बढ़ाई। अगले 15 मिनट में पैसे ट्रांसफर हो जाने की उम्मीद थी।

दुष्यंत ने इस बीच दो लोगों को मैसेज किया - हर्ष और नताशा।

"डियर हर्ष, तुमने मेरे लिए हमेशा दोस्त से बढ़कर एक

भाई की तरह काम किया है। मैं ही ख़ुदगर्ज़ था जो कभी तुम्हारी ख़ुशियों, तुम्हारी ज़रूरतों को समझ नहीं पाया। तुम्हें बताते हुए ख़ुशी हो रही है कि मैंने अपनी कंपनी की डील कर ली है। तुम्हारे हिस्से की रक़म तुम्हें भिजवा रहा हूँ। तुम्हारी लाइफ में जो भी पैसों की ज़रूरत है, आशा करता हूँ वह इससे पूरी हो जाएगी। अगर ना हुई तो बेझिझक मुझे मैसेज करना। मेरे हिस्से के पैसे आते ही मैं वह भी भेज दूँगा। पर चाहे जो हो जाए दोस्त, मुझे छोड़कर मत जाना। जो भी परेशानी है हम दोनों मिलकर उसका हल निकालेंगे। और हाँ, तुम्हारी और नताशा की जोड़ी खूब जमेगी। वापस आकर मैं तुम दोनों के लिए एक बड़ी पार्टी करने वाला हूँ। तुम्हारा खोया भाई, दुष्यंत।"

"डियर नताशा, सबसे पहले शुक्रिया। तुम्हारी समझदारी की वजह से मेरी और हर्ष की दोस्ती इतने सालों तक टिकी रही। तुम शुरुआत से ही बेहद सुलझी हुई इंसान हो। मेरा ही बचपना कम होने में थोड़ा वक्त लग गया। अगर मैंने किसी भी तरह से तुम्हारा दिल दुखाया हो तो उसके लिए सॉरी। हर्ष बहुत ही अच्छा लड़का है और तुम्हारी जोड़ी खूब जमेगी। तुम दोनों को मेरी तरफ़ से ढेर सारी शुभकामनाएँ।"

इतनी देर में लीना की टीम ने पैसे ट्रांसफर होने का सबूत भेज दिया। उसके बाद लीना और दुष्यंत ने पेपर पर हस्ताक्षर कर डील फाइनल कर दी। लीना ने कुशाग्र को भी मैसेज भेजकर इत्तला कर दिया।

"मुबारक हो।" लीना ने हाथ मिलाने के लिए हाथ आगे

बढ़ाया। "चलो तुम्हारी सारी परेशानी दूर हो गई।"

"बहुत-बहुत शुक्रिया।" दुष्यंत ने उसका हाथ थामते हुए कहा। "अभी एक काम बाक़ी है। मुझे जल्दी भागना होगा। देर हो गई है।" कहता हुआ वह दरवाज़े की तरफ़ लपका। "मैं अपना अकाउंट नंबर तुम्हें मैसेज कर दूँगा। बाक़ी रक़म उस पर भेज देना।" कहता हुआ वह बाहर निकला।

उसने एक कंवर्टिबल गाड़ी पहले ही बुक कर रखी थी जो दरवाज़े पर उसका इंतज़ार कर रही थी। दुष्यंत उस गाड़ी में सवार होकर उस स्टेशन की तरफ़ भागा जहाँ उसने अवनी से मिलने का वादा किया था। ट्रैफ़िक की वजह से उसे वहाँ पहुँचने में थोड़ी देर हो गई। जब उसकी गाड़ी स्टेशन के पास के सिग्नल पर पहुँची तो उसने देखा अवनी सारा का हाथ थामे आशा से इधर-उधर देख रही थी। लग रहा था जैसे वह काफ़ी देर से वहाँ इंतज़ार कर रही थी। सिग्नल खुलने तक शायद उसने आशा खो दी थी और वापस जाने के लिए पलटी ही थी कि तभी दुष्यंत की गाड़ी वहाँ पहुँची, "मैं कहीं लिफ्ट दे सकता हूँ आप दोनों को?" उसने मुस्कुराते हुए पूछा।

उसकी आवाज़ सुनकर अवनी सारा को गले लगाते हुए उसकी तरफ़ पलटी। उसकी आँखों में आँसू छलक रहे थे। इतनी देर में दुष्यंत भी गाड़ी से उतरकर उनके पास पहुँच गया था। उसकी आँखें भी छलक गई थीं। उसने आगे बढ़कर अवनी को गले लगा लिया। थोड़ी देर तक दोनों साथ लिपटे रोते रहे।

"आई एम सॉरी दुष्यंत। आई एम सो सॉरी। मेरा इरादा

तुम्हें दुख पहुँचाने या तुमसे कुछ छिपाने का कभी नहीं था। मैंने तुम तक पहुँचने की कितनी कोशिश की पर हर बार असफल रही। फिर मुझे लगा शायद तुम मेरे से रिश्ता रखना ही नहीं चाहते। ऐसी सूरत में मैं तुम्हें सारा के बारे में कैसे बता सकती थी? अगर तुमने उसे भी मेरी तरह ठुकरा दिया तो? यह सोचते ही मेरी रूह काँप उठती थी। मैंने बहुत सोचा। तुम्हें कई मैसेज किए। पर जब तुमसे कोई जवाब नहीं आया तो मैंने इसे मेरी किस्मत मान लिया। मुझे भी पहले बहुत डर लगा इतना बड़ा फ़ैसला लेने में पर फिर मैंने हिम्मत जुटाई और सारा को अपने जीवन का हिस्सा बनाने की ठान ली।" अवनी दुष्यंत से लिपटकर यूँ बोले जा रही थी जैसे अपने दिल की भड़ास निकाल रही हो।

"हो सके तो मुझे माफ़ कर दो। उस रात तुम्हारे घर से निकलते वक्त मैंने गुस्से में पागल अवस्था में तुम्हारा नंबर ब्लॉक कर दिया और भूल गया। इसलिए तुम्हारा कोई भी मैसेज मुझ तक पहुँचा ही नहीं। वह वीडियो हम दोनों ने नशे में बनाया था पर मैंने सिर्फ़ तुम्हें उसका ज़िम्मेदार ठहराया। तुमसे कोई मैसेज नहीं मिलने से मेरा गुस्सा और बढ़ गया पर मैं तुम्हें कभी भूल नहीं पाया। हो सके तो मुझे माफ़ कर दो।" दुष्यंत की आँखों से भी आँसू धाराप्रवाह बह रहे थे।

"मम्मी, आप रो क्यों रही हैं? और यह अंकल कौन हैं?" तभी सारा ने अवनी का हाथ खींचते हुए पूछा। सारा के सवाल को सुनकर दोनों अपने आँसू पोंछते, मुस्कुराते हुए एक-दूसरे से अलग हुए।

"चलो बेटा, घूमने चलते हैं।" कहते हुए दुष्यंत ने गाड़ी का दरवाज़ा खोला। अवनी सारा को लेकर उसमें बैठ गई।

अवनी और दुष्यंत को मालूम था कि सारा को दुष्यंत के बारे में समझाने में थोड़ा वक्त लगेगा।

"मम्मी, हम कहाँ जा रहे हैं?" सारा ने मासूमियत से पूछा।

"बेटा, हम राजकुमार और राजकुमारी की इस दुनिया से भी खूबसूरत गार्डन देखने जा रहे हैं।" अवनी ने सारा का माथा चूमते हुए कहा।

दुष्यंत ने अवनी का हाथ चूमा और गाड़ी वर्साय की तरफ़ बढ़ा दी।

किस्मत ने उसे एक और मौक़ा दिया था और वह इस बार कोई गलती नहीं करने वाला था। उसका परिवार उसके साथ था और अभी उसे और कुछ नहीं चाहिये था।

उनके बीच में वह अब कोई और दीवार नहीं आने देने वाला था।

(समाप्त)

www.ingramcontent.com/pod-product-compliance
Lightning Source LLC
LaVergne TN
LVHW100311210926
848480LV00003B/1090
9798904311636